在成长道路上，
请带上这封信

高　蔚◎著

民主与建设出版社
·北京·

© 民主与建设出版社，2024

图书在版编目（CIP）数据

在成长道路上，请带上这封信 / 高蔚著 . -- 北京：
民主与建设出版社，2024. 12. -- ISBN 978-7-5139-4766-4

Ⅰ. I267.5

中国国家版本馆 CIP 数据核字第 2024XX8690 号

在成长道路上，请带上这封信
ZAI CHENGZHANG DAOLU SHANG QING DAISHANG ZHEFENGXIN

著　者	高　蔚	
责任编辑	王　倩	
策划编辑	李梦黎	
封面设计	曾冯璇	
出版发行	民主与建设出版社有限责任公司	
电　话	（010）59417749　59419778	
社　址	北京市朝阳区宏泰东街远洋万和南区伍号公馆 4 层	
邮　编	100102	
印　刷	文畅阁印刷有限公司	
版　次	2024 年 12 月第 1 版	
印　次	2024 年 12 月第 1 次印刷	
开　本	880 毫米 ×1230 毫米　　1/32	
印　张	7	
字　数	124 千字	
书　号	ISBN 978-7-5139-4766-4	
定　价	58.00 元	

注：如有印、装质量问题，请与出版社联系。

谨以此书送给我的孩子

序 一

《在成长道路上，请带上这封信》是高蔚创作的一部很特别的作品，也是我读过的构想和结构最奇妙的育儿书。

这本书包含了作者给孩子写的 20 封信，涵盖了孩子从出生到成年的各个阶段，如"初始""出生""相依""上学"等，直至"成人"。

高蔚，一个客居佛山的豫东人，主要从事建筑行业的国际贸易业务。她是一位宝妈，丈夫是从军人转业成为警察。虽然她的工作与写作爱好并无直接关联，但她的文字充满温暖，她曾因写作而获得广泛的关注。

例如，她 20 年前在搜狐社区发表的《因为我是军人的妻》，就因其真实表达了无数军嫂的生活点滴而点击量过百万。她曾在多个自媒体平台发表文章，我也曾帮她出版过短篇小说《爸爸的白衬衫》，很多圈内的朋友都非常喜欢。我对她说：是时候该有一本自己的书了。

于是，高蔚准备了整整一年。

《在成长道路上，请带上这封信》的灵感源自高蔚十几年前突发的想法：用写信的方式记录孩子成长。起初，这只是一个一时兴起的想法，未曾深思熟虑是否能够坚持下去。但最终，这成为她18年来的坚持。在这本书的自序中，高蔚向她的孩子优优表达了她的感受和想法。她坦言，最初对于成为母亲感到新奇又忐忑，因为自己还未准备好成为一个合格的母亲。然而，面对物资匮乏的现实，她选择通过写信的方式，为孩子准备一份永久保存的纪念。

读完整本书，我深受感动。高蔚的文字不仅仅是对孩子成长的记录，更是对母爱深沉情感的流露。她以简单而深情的文字，将作为母亲的喜悦、忧虑、希望和愿景展现得淋漓尽致。这本书不仅是给她的孩子优优的珍贵礼物，也是对所有父母和准父母的一份鼓励和启示。在这个快节奏的时代，高蔚的这种坚持和用心，是对每个家庭的温暖提醒：不要忽视与孩子的沟通和陪伴，这是我们给予孩子最宝贵的礼物。

　　《在成长道路上，请带上这封信》是一本值得推荐的作品，它教会我们如何在忙碌的生活中找到与孩子沟通的方式，如何在平凡的生活中寻找到爱的深意。

李尚龙

2024 年 1 月 24 日

序二
爱，是具象的

接到我儿子干妈要求为她的新书《在成长道路上，请带上这封信》写序，我惊喜交加。这可是我第一次为一本书写序哦！

间断读完这20封信，我花了近一天半的时间。读信的过程，有同为军嫂组建家庭生活困顿的共鸣，有对孩子成长点滴感悟的触动，更多的是对作者为人母对孩子那份长情、呵护、纠结、郑重、期许等心路历程的感动。

在写给孩子的这20封信中，不仅见证了孩子成长的轨迹，记录了家庭的喜怒哀乐，更承载了父母对孩子深沉的爱和期许。这些信件从不同的角度切入，涵盖孩子成长中的点点滴滴。这20封信串起生活中的一幕幕画面，构成孩子 18 年来完整的成长画卷。这些信件不仅仅是一份纸面的文字，它们是父母对孩子爱的延伸，对生活的反思，也是父母对孩子成长历程的呼应。在这 18 年的信中，父母的爱和期许如同潺潺细流般渗透在每一行文字之中，温暖着孩子的心田，也见证了时间的推移和家庭的变化。

"养儿育女是世界上最困难的活计之一。父母永远不知道他们做得是否够好，他们只能满怀希望。" 18 年来，高蔚用写信的方式记录孩子成长的习惯不仅仅是一种仪式，更是一种意义深远的行为。

这 20 封写给孩子的信对孩子的成长起着不可估量的作用。这些信书写出的文字更显个性化和真挚，不仅让孩子感受到父母的关爱，更为孩子树立了积极的人生导向。这些信中的内容和父母的期许，成为孩子成长中的指引和动力，帮助孩子建立自信、拥有勇气，也激励孩子在成长的道路上不断超越自我，追求更美好的人生。这种深情的传递，会成为孩子心中永远的阳光，守护他们一生。因此，写给孩子的信件，远非简单的文字，而是流淌着父母满满的爱意，时刻为孩子撑起一片天空。这些饱含真情的文字，最终将成为孩子生命中最珍贵的宝藏，激励他们成长。

《在成长道路上，请带上这封信》承载着岁月的印记。这20封写给孩子的信，记录着这些年来家庭生活的变化和反思。这些信件反映了家庭成员在这些年间的人生轨迹和心路历程，还见证了孩子妈妈坚韧、拼搏，成功逆袭的华丽蜕变。"最好的家庭教育是完善提高父母修养，润物无声地做给孩子看。"同时，这些信件也让父母回顾自己在子女成长过程中的得与失，成为对家庭生活的一次次反思和思考，使得家庭关系更加紧密，也更懂得珍惜当下。

《在成长道路上，请带上这封信》是父母对孩子的情感传递。这20封写给孩子的信，成为家庭内部沟通的桥梁，拉近了父母与孩子之间的距离。同时，这也激励着更多的家庭意识到亲子沟通的重要性，鼓励更多父母以信件的方式表达内心情感，构建更和谐温馨的家庭氛围。

《在成长道路上，请带上这封信》，于当下复杂的家庭教养问题有着一定程度上的拨云见日的作用。高蔚坚持给孩子写信18年，这种坚持的力量于当下浮躁的社会也很值得借鉴。因此，有孩子的家庭，或正焦虑迷茫的妈妈，不妨静下心来，读读成功的且颇具才华的高蔚著作的这本书吧。

肖洁君

2024年1月26日下午

自 序

坦白讲，到现在我都觉得像做梦一样，真的没有想到十几年前的一个偶然想法，竟然一路坚持到了今天，还将要开出这么美丽的花朵，有如此完美的一个答案。

是的，用写信的方式记录孩子成长这件事，初始只是一时心血来潮的想法，根本没有深思熟虑过是否真的可以坚持，甚至没有考虑过是从知道孩子存在，写到出生，还是写到 12 岁，又或是 18 岁成人。更不要说将来要以什么样的方式来送给孩子这份礼物。

彼时的想法很简单，只是单纯觉得孕育一个生命，对我来说是全新的体验，其中也充满了对未知的新鲜感和莫名的忐忑。新鲜是因为自己竟然也要做妈妈了，一种从来没有过的神圣感从心底涌出；而忐忑，是担心自己是否有能力成为一位合格的妈妈——无论是生活条件还是教育引导上，我都没有十足的把握。毕竟，以当时的生活条件来看，虽不至于居无定所，但事实上也是捉襟见肘，生活得紧巴巴的。

也许人在物资匮乏的时候，就会不自觉地向精神层面倾斜。哪怕初为人母，对未来的一切充满未知，但仍然控制不住地想为孩子的到来准备一份礼物。彼时安慰自己说，如果目前还没有办法为孩子提供富足的物质见面礼，那就尽量准备一份可以永久保存的纪念吧，这样若干年后想起来，也许同样别有一番滋味。

没想到当初的想法，这一坚持，就是 18 年。

回过头来看，原来，越是看起来简单而美好的决定，在落向现实的时候，越容易变得摇摆不定，但也越容易说服自己坚持下去。

18 年，电影电视剧里常说的，"又是一条好汉"的年岁。说长不长，说短也不短。作为一个没有什么耐心的人，其间不是没有想过放弃。在日子过得鸡飞狗跳的时候、在工作忙到脚不沾地飞起的时候、在异国他乡出差倒时差的时候，甚至在被孩子气到原地打转的时侯，心底时不时会响起一个声音：算了吧，有什么用，平凡的孩子不会因为你的这些信而有什么不同，冗长的生活也不会因为这些信而有什么改变。

可惜，终是舍不得，舍不得心底深处的那个想起来就觉得有意义的愿望。准确地说，是舍不得一个母亲努力想为孩子做点什么的心意吧。

于是，我一次次地硬着头皮坐下来，去回忆，去落笔，去继续。

有人说："站在风雪里写诗而内心滚烫者，春天早已为之加冕。"纵然在心里也曾无数次想象过，要是能把这些信整理在一页页纸上该有多好。但是诸多猜测的最大可能，也只是将它们一封封打印出来再装订成册，在孩子长大的时候，作为成长的礼物送给他。

而像今天这样，以一本书的模样，以如此隆重又充满仪式感的方式，却是我从来都不敢奢望的梦想。

当一件事坚持了很久，渐渐成为一种习惯，又在不知不觉中到达顶峰后，油然而生的成就感会让一切都变得值得。毕竟，无论是多么无趣之人，都难以掩饰向往深刻与热烈的心。感谢自己，坚定地将梦想照进了现实。

而在这个特殊的时刻，若渔，妈妈也有些话想对你说。毕竟，因为你的到来，才有了这个想法，随之才有了这些文字、这本书，和这一切的美好。

孩子，首先，我非常开心，能在你18岁的时候，亲手将这份满载你成长记录和回忆的礼物，以这样的方式交到你的手上。

虽然父母努力半生都没有办法为你提供财富自由的供养，更无法为你铺就多么优渥的前途之路，甚至可能终其一生，父母和你都是普通到不能再普通的芸芸众生的一员，但是我们仍然因为能够拥有彼此，拥有爱和陪伴，拥有相伴几十年的福分，而对上苍充满感激。

其次，如此隆重地送出这份礼物，妈妈除了开心，还有过一些惴惴不安。

你是一个单纯又普通的孩子，从小到大学习天赋一般，不是世俗意义上的那种成绩优异、表现突出的孩子。当然，爸爸妈妈都是普通人，所以我们坦然接受你的普通。如同给你取的名字一样，我们希望你有智慧但是又能够不锋芒毕露，再加上爸爸妈妈也同样是不张扬的性格，所以决定将这些文字整理成书，这应该是我们全家人做得最"出格"的决定了吧。但是一直以来，你从不知道这些文字的存在，更对这本书没有任何的心理准备。所以，哪怕征求过你的同意，我仍然无法判断，这本书的突然出现，会不会给你带来一些压力，甚至困扰。

若渔，妈妈想说，如果真的给你造成些许困扰，那一定不是我的本意。妈妈希望看到的，是你欣然接受这份礼物，并为妈妈开心。也希望这份礼物，能成为你一生的底气和财富，在你以后的岁月里，每当遇到困难和挫折的时候，就去翻看几页，或是随便抽出一封，感受曾经的单纯和美好，从这些文字里汲取继续前行的力量。

妈妈相信，总有一天，你能从这本书每一页的背后，看到隐藏在其中的一行字：终其一生的

爱和支持。

最后，感谢一直以来所有鼓励我、帮助我的人，也感谢所有翻开这本书的父母、准父母和未来的父母。

毫不夸张地说，无数个被孩子折腾到心力交瘁的时刻，我曾经不止一次地问过自己：为什么要生孩子？要经历九死一生，要付出无数的心力和财力，甚至到自己生命终结的一刻，最放心不下的还是他。

直到听到一段扎心的回答：在三四十岁的某一天，你会突然发现，生命中最好的事都已经发生过了，剩下的只是重复和老去。一天天，一年年。而孩子，会冲走重复，让生活重新变得未知。他让你烦恼，让你牵挂，让你欢喜，让你惊讶；让你再经历一次童年，看到童年时的自己，让你明白当年父母的心境，让你有理由买那些曾经求而不得的玩具，让你在痛苦时坚强、在危机中冷静。看到他的勇敢，他的好奇，他的局促，他的不安，从而更好地理解自己，接受自己。父母养育了孩子，孩子也陪伴了父母，父母和孩子滋养了彼此，也成就了彼此。在飞逝的时光中，他让未来有所期待。

今天，怀着惶恐的心将这本书呈现在大家面前，真是鼓起了莫大的勇气。这不是什么育儿经验的总结，对一个初为人母的妈妈来说，能称得上合格二字，已经是最大的褒奖，又何敢总结什么经验呢？这只是一个最普通的妈妈，对孩子一路成长的记录，以及总结自己陪伴孩子的收获和不足，用笨拙的笔触为孩子留下一份时间沉淀后的回忆而已。

愿和天下所有平凡又普通的父母，共勉这些话：

虽然，父母是这个世上唯一不用培训就能上岗的职业；

虽然，为人父母，我们摸着石头过河，哪怕再小心翼翼如履薄冰，都一定会有这样或那样的不足；

虽然，我们已经拼尽全力，孩子都没有成为凤毛麟角的那一类人；

虽然，我们哪怕倾其所有，都没有办法让孩子后半生高枕无忧；

虽然，可能这辈子注定了，我们和孩子都将

寂寂无闻淹没在人海；

可是，

我们，自始至终都在努力地学习如何成为合格的父母；

我们，一边谨小慎微地陪着孩子前行，一边认真地纠错，不让自己偏离得太远；

我们，终生都会不遗余力地托举孩子，也能以平常心面对孩子的平庸；

我们，即使给不了孩子富贵的生活，但是愿意用爱给孩子富足的精神；

我们，对孩子的爱，会变成勇气，陪着他们面对人生浮沉。

目录

第一封

初始

亲爱的孩子：

广东的冬天，是一年里最舒服的季节，没有东北的严寒，也没有海南的酷热。进入 11 月后，20 度左右的太阳，照在身上暖暖的，很惬意。

就是在这样的一天，我知道了你的存在。

看到显示着你已经在我肚子里的那张纸时，我并没有如电视里演绎或者小说里描述的那样，心情激动和欣喜到热泪盈眶。相反，在几分钟的失神之后，我的心中涌起了强烈的迷茫感与不知所措。

很抱歉，孩子，真的不是不欢迎你的到来，而是在这之前，妈妈从来没想过这件事。突然被告知你的存在，一瞬间，意外大于惊喜。

坦白讲，是妈妈还没有做好心理准备。

书上说，人生都会经历三个阶段：见天地，见众生，见自己。

只有 20 来岁的妈妈，见过的最大世面也不过是从偏远的河南农村，来到东南沿海的这个二线城市，何况当时的妈妈连真正融入这座城市的资本都没有。

爸爸是军人，以服从命令为天职。而妈妈也曾孤注一掷，瞒着姥姥姥爷辞去河南老家稳定的教师工作，选择为了爱情奔赴这座陌生的城市。特意在爸爸工作的机场隔壁租了一间破旧的民房落脚，即便只有一墙之隔的距离，但爸爸妈妈依旧不能每天见面。而且部队经常有去外地驻训的任务，爸爸经常一走就是半年或几个月，留下妈妈一个人在这个陌生的城市里。

到底是年轻啊，妈妈没有低估爱情，但是低估了现实的青面獠牙。

因为还不到随军的条件，再加上部队住房本就紧张，我们只能自己解决住宿问题。记得那时妈妈租住在不足十平方米的房子里，没有窗户，也没有床，只有一张破旧的床垫铺在地上。据说床垫是上一任租客——也是爸爸的一个战友几年前为他家属买的，后来那个战友被一纸调令调去了湖南，这些东西就留给我们了。床头靠墙边，是一个表面凹凸不平的小桌子。因为连凳子都没有，爸爸的领导、战友来看我们，大家就只能站着，或挤坐在垫子上。

即使是这样的房间，在不久后爷爷奶奶来看爸爸时，我们也都让给了爷爷奶奶住。一天，爸爸在隔壁闲置的杂物间里，意外看到两扇破旧的门板。接下来的几周里，妈妈每天晚上都把门板翻过来铺在客厅里，在房东家摆放的各种佛龛的注视下，躺在上面休息。

妈妈曾半开玩笑半心酸地对爸爸说："在我们老家，只有死人才睡门板，我现在和死人的差别，就是那一把盖在脸上的稻草了。"

一年后，爸爸和妈妈结婚了。

没有婚纱，没有婚礼，没有婚房，没有宾客，只有爸爸部队里几个关系很好的战友前来祝贺。一个叔叔说，他想买束花送给我们，但是知道得有点晚，再加上部队周围太偏僻，找了好多地方，最终连一束塑料花也没买到。

他说得没错，因为结婚是我和爸爸临时决定的。爸爸说："我又要出差了，明天我们结婚吧。"我说："好。"

对妈妈来说，来广东的这几年，大多数的时间都是数着日子等待爸爸的归期。再加上广东炎热的天气，陌生的粤语，异乡的孤独，困顿的生活，以及对未知的不确定感，一切都使得妈妈根本没有办法静下心来为下一步做规划。

说实话，妈妈对自己未来生活的认知都是浅薄的，甚至是迷茫的，内心深处觉得自己都还是个孩子，需要依赖别人，甚至对自己能在这样的环境下坚持多久都不知道，又哪里有对一个新生命负责的预期和准备？

在这一切的不确定里，你，来到了我们身边。

紧握着手中的检查报告单，好像纸上的每一个字都承载着责任和决定。妈妈有点机械地跟在爸爸身后走回开单医生的诊室，将报告单递给医生。

"怀孕了，要吗？"医生看了一眼报告单，例行公事般地询问。

我愣了一下，本能地转身看了一眼爸爸，发现爸爸也在扭头看我。

"我是问你们，孩子是要，还是不要？"医生又追问一句。

"要！要！要！"我和爸爸异口同声地说。

孩子，不知道为什么，虽然在那一刻，妈妈心中的迷茫和惶恐未减半分。但是我并没有因为你的意外到来而有任何的犹豫，好像这本来就是一个不需要任何考虑的决定，是我们爱你的天性。

我和爸爸，不约而同地做出了同样的选择。

看得出，爸爸有些激动。刚走出诊室门口，爸爸就马上给爷爷奶奶打电话，告诉了他们这个好消息。爸爸是个感情有些内敛的人，常年的军旅生活使他不太轻易流露温情的一面，永远是一副安静沉稳的表情。妈妈很少见到他这么迫不及待的样子，甚至激动到看起来有一丝慌乱。

因为知道了你的存在，回家的路上爸爸刻意将摩托车的速度放慢了很多。妈妈坐在爸爸身后，将脸贴在爸爸的后背上，清晰地感觉到风在吹着我的耳朵，有点凉，又有点痒，还有点乱，像极了我那一刻复杂的心情。

谈不上不舒服，但也说不上多开心。

我很抱歉，孩子。在知晓你存在的前三个月里，我认为自己和"母亲"这个角色有一定的距离。

妈妈也知道，我应该表现得更愉悦一些，最起码应该充满期待，这样才对得起你在天上选中我做你的妈妈，也才不负你像个小舵手一样努力地成长，攒足了力气 10 个月后和我一起经历生死，并来到这个世上。

可是孩子，请你相信妈妈，面对你的到来，妈妈所流露出的茫然无措和安静平和，绝不是因为你带给了妈妈任何的负担，而是妈妈对于是否能够给予你最好的一切的不确定。

妈妈担心自己在皮制品厂上班的工作条件会对你的健康造成不利；担心自己每天骑摩托车上下班会让你有危险；担心自己什么都不懂，没办法第一时间察觉到肚子中的你有任何的不适；担心自己对广东饮食的不习惯会影响到你，导致你营养不良；甚至觉得自己不爱吃鸡蛋和巧克力的习惯都有点可恶。

是的，妈妈心里有千万条害怕的理由，怕自己任何一点的疏忽会让你受到伤害，哪怕是一丝一毫，妈妈可能都无法面对，更无法原谅自己。

而这些，映射在对你的态度上，却显得那么疏离又冷漠。好在，虽然心中迷茫不已，但是我仍然循着母亲的本能去爱你。

记得三个月后做第一次建档产检，护士告诉妈妈要抽

7 管血，因为要做各种健康指标的化验检查。从小怕针头的妈妈，二话不说马上听话地伸出胳膊撩起袖口。妈妈当时唯一的念头就是：抽多少都可以，我只想知道我的孩子是健康的。

孩子，我们都不完美，所以我们都有软肋，也都有盔甲。

一周后，长长的检查指标清单显示：你在用力生长，你很健康。妈妈悬着的心彻底放了下来，终于松了一口气。

我未见面的孩子啊，可能在不知不觉中，迷茫在日渐变浅，期待在日益加深，妈妈已经在心里接受你即将到来的事实，并满怀期待之心。

孩子，我们一定都深爱着彼此，所以我们都在庇护着对方。因为，直到你出生，妈妈都没有经历过一点想象中那种令人无所适从的孕吐和不适，没有经历像很多妈妈那样呕吐到昏天黑地的痛苦，也不用小心翼翼地避开荤腥以免有恶心反应。甚至妈妈怀着 6 个月大的你，坐了十几个小时的大巴回河南老家，依然可以在晃动的车厢里吃很油腻的食物而不觉得有任何问题。

孩子，你一直都那么棒。终究，妈妈是一个幸运的人。

在你 6 个多月大的时候，妈妈怀着你回了一趟妈妈的老家，回到了妈妈出生和成长的地方。因为姥姥、姥爷、太姥、太姥爷、小姨他们都听说了你的存在，都很关心你。他们有多爱妈妈，就有多爱你，你还没出生，就得到了很多人的爱。

只是没想到，回老家的第二天，就发生了一点小意外。

全怪妈妈太大意，没注意脚下，不小心从家门口的水泥斜坡上滑了一下，导致当即重重地跌坐在了地上，引得肚子里的你剧烈地晃动了好几下。好在，有惊无险。妈妈被大家紧张地扶着回到床上躺下来休息了一会儿，感觉到你又安静地睡着了。除了偶尔伸出小手或者小脚动一下，并没有其他明显的异常。

姥姥忍不住双手合十祷告，不选地说："谢天谢地，这孩子，生下来肯定皮实，好养活。"

从河南回来已经是 6 月中旬，广东的天气也骤然炎热起来。妈妈的肚子变得越来越大，还有不到两个月你就要出生了，产检的频率也从一个月一次变成一周一次。医生说 B 超显示有点意外情况，脐带绕颈两周。但是医生又安慰我说："一般没什么大危险，有的出生前还可能自动解开，不用太紧张。"

我有些害怕，偷偷在网上搜索"脐带绕颈"，说什么的都有。当看到有人说这可能会导致孩子因为被脐带勒住而窒息的时候，我担心极了。接下来的一个多月，我经常患得患失：会因为你的胎动不频繁而担心你是否呼吸不顺畅，也会因为胎动太频繁而担心你是不是被脐带勒到了在不舒服地挣扎。

实在是关心则乱，好在无论何时，"虚惊一场"四个字都是这个世界上最美好的词语，虽然过程有点煎熬。

孩子，你知道吗？怀着你的这个夏天，大概是妈妈有生之年吃冷饮最多的一年，准确来说是吃奶油雪糕最多的一年。

因为医生在听说妈妈不习惯喝牛奶也不爱吃鸡蛋的时候，建议妈妈适当吃些奶油雪糕补充你所需的蛋白质。一直因为自己的挑食而心感内疚的妈妈好像终于找到一个可以补偿你的方式，开始让爸爸成箱地将布丁雪糕向家里搬。最多的时候妈妈一口气吃了 8 个，凉得你在妈妈肚子里动来动去地"抗议"。

孩子，妈妈很笨是不是？连着急吃那么多冷饮可能会让你在肚子里不舒服都不明白，还傻乎乎地以为在给你增加营养呢。

略显笨拙又不懂表达的爱，是每个妈妈的本能吧。

别笑话妈妈，妈妈是第一次做母亲。哪怕感觉自己已经用尽了全力，却依然让你经历了很多的波折甚至危险。

所幸，你一直很勇敢且健康地成长着，这让妈妈欣慰不已。

当产检医生跟我们说"再过两周，你们就可以见面了"的时候，爸爸妈妈既开心又忐忑地期待着你的到来。

第二封

出生

优优：

见信好啊！

是的，你有小名了，叫优优。虽然还不知道你是男孩还是女孩，但我们决定喊你这个名字。因为妈妈在胎教书上看过，孩子没出生之前就起好乳名并不断和他（她）说话，等孩子出生了，就会和爸爸妈妈有熟悉的感觉，并伴随着特殊的安全感。

其实，妈妈一开始给你起的小名是"酉酉"，纪念妈妈是鸡年知道的你的存在。爸爸说"酉酉"有点拗口，不如叫"悠悠"吧，希望你一生能悠然闲适，自得其乐。最后，爷爷奶奶又说，莫不如再取一次谐音，叫"优优"吧，寓意出众和美好。

你看，有多少人爱你，就有多少份爱意，如同伴你一生的名字。我们希望用这世界上最美好的字眼，可以把最好的运气都带给你，伴着你一生平安、康乐。

提前进入夏天的广东，除了从早到晚的闷热，还有偶尔不请自来的台风。你出生的那天下午，就有一个名叫"派比安"的台风登陆，带来了狂风暴雨不停。

关于你的预产期这个事情，妈妈还闹了一个不大不小的乌龙。

因为沟通上的误会，导致一开始医生将你的预产期错算在 7 月中旬。妈妈算着日子，提前两周带着大包小裹住进了医院待产房，被姥姥好吃好喝地照顾了 3 天之后，医生经过详细的检查，最终断定：预产期还没到，让妈妈回家继续等。

就这样，妈妈提前体验了几天产房氛围，听了其他好几个妈妈待产和生产时疼痛的呻吟声、哭喊声之后，略带失望和尴尬地被爸爸接了回来。

熟悉妈妈的人都知道，妈妈不是个娇柔惯了的人。这可能是与从小在农村长大有关，庄稼地里长大的孩子，干农活时磕磕绊绊在所难免，慢慢人就变得皮实了。妈妈也一直以来自诩是个有些"汉子"潜质的人，轻易不会因为疼痛哭喊。但是妈妈却没想到，这世界上还有一种疼痛，

15

是超越语言的，甚至是超越人的正常承受极限的。

爸爸是空军部队的一名机械师，你出生的前一天，他刚好有跨昼夜训练任务，要去做飞行保障。那天晚饭后，伴着头顶隆隆的飞机轰鸣声，妈妈一边摸着肚子和你低声聊天，一边缓慢地爬着楼梯。医生说这样上下缓慢地晃动，有利于缓解你的脐带绕颈。

但始料未及的是，在半夜11点多，妈妈的肚子突然剧烈阵痛了起来，直觉告诉我可能是你要出生了。但是一想到上次待产的乌龙事件，我又犹豫了，想再等等看。直到半个小时后，痛感越来越密集和剧烈，我这才喊醒了姥姥，匆忙拿起上次从医院带回来的东西，出门打车。

路上，妈妈忍着痛打电话给爸爸，大概是因为飞机轰鸣声音太大，爸爸没接电话。

姥姥陪着我在医院急诊室里填个人资料表，我正潦草地写字时，一阵令人战栗的痛感袭来，我有些站立不住地扶着椅子跪在了地上。护士见状，一边责备我对痛感频率描述得不够准确，一边安排人将我推进了产房隔壁的待产室。同时又安慰我说，别紧张，第一胎生宝宝，你的身体反应算是很快的了。

但是，妈妈怎么也没想到，这样的疼痛足足持续了 18 个小时。

躺在待产室的铁床上，妈妈唯一的感觉就是太疼了！真的太疼了！一波又一波的疼痛感像海浪一样，涌上来，将撕扯的感觉推上顶峰，又退下去，再涌上来，绵延不绝。

每当疼痛涌上来时，我就死死地抓住产房床头栏杆横挡的铁管，手指紧攥到毫无知觉的麻木，仿佛这样可以将痛感传导给铁管。但是我还是强撑着努力控制住自己的身体，不敢太剧烈晃动肚子，生怕那样会令你不舒服。我一边按照医生的嘱咐尽量深呼吸，一边在心里默默地给自己打气，告诉自己说：坚持住！快了！就快了！

漫长的几个小时过去后，虽然病房里有空调，我还是因为疼痛头发全部被汗打湿了。时不时过来检查产程的医生，全程冷静地查看，无视我期待甚至哀求的眼神，只是一遍又一遍地说：一切正常，还要继续等，没那么快。

疼到感觉快要崩溃的时候，我尝试转移注意力，开始在心里数秒数，从最开始的从 1 数到 20 熬过一波疼痛，到慢慢需要数到 25，30，35。每当熬过去一次，我都又痛又累虚脱到全身颤抖。休息不到一两分钟，又是一阵令人颤抖的痛感袭来……

医学上有一种强效麻醉剂叫杜冷丁，医生想让妈妈睡一会儿保存体力，两次将杜冷丁注射在输液的药水中。可惜一点作用都没有，妈妈依然能清晰地感受到一次又一次入骨的、被撕扯的痛。

第二天一大早，爸爸得知消息后，匆忙地赶到了医院，看着痛得面色苍白的妈妈，他手足无措地跟在医生后面不迭地问："怎么样才能不让她那么疼？"医生平静地说："没办法，都要经历这个过程。"

经过医生同意，爸爸换了陪产服，进来产房陪产。他紧张地站在边上，心疼地看着妈妈扛过一波又一波袭来的痛。我紧紧抓着他的手，指甲深深地掐进他肉里，他好像感觉不到疼，只是一遍又一遍地说："老婆，加油，我陪着你。"只要看到医生进来，他就不管不顾地问："还要多久，我老婆太疼了，帮帮她吧。"

几个小时后，爸爸实在见不得我疼成那样，也受不了这样等待的煎熬，开始去找医生商量，愿意选择剖宫产。妇产科主任在冷静地给我做了详细检查后，认为爸爸陪产可能会影响产妇的想法以及接下来的继续顺产，通知让爸爸去产房外等，换姥姥进来陪产。

那时妈妈的嘴唇已经因为极力克制疼痛产生的喊叫而被咬破了，血丝凝固在嘴唇上。头发和衣服早一次次被冷汗打湿，整个人虚弱到不得不间歇地闭着眼睛喘息。稍微能够喘息片刻的间隙，就挣扎着打起精神，咕噜吞针地吞咽几口姥姥塞在我嘴里的巧克力，沙哑地告诉医生，我还可以继续等着顺产。

姥姥在一旁心疼得直掉泪，我知道她在心疼我，但是那时妈妈根本没有精力，也顾不上安慰她。我清醒时唯一的念头，就是能一再听到医生说，宝宝和妈妈各方面条件都是满足顺产要求的。所以无论多么疼，我都要坚持。因为产检时医生曾不止一次告诉我，在条件允许的情况下，相对于剖宫产的人为干预，选择顺产对孩子的呼吸系统会更有利。

终于，在 2006 年 8 月 2 日下午 3 点 58 分，你出生了。53 厘米的身高，8 斤 2 两的体重，刷新了医院当月的新生儿最胖体重纪录。

真的好神奇。你出生的前一刻，我感觉自己像被一股强大的力量挤压着，而瞬间的极致疼痛后，是彻底的放松和快乐，是一种落入人间天堂的愉悦和满足。以至于在最后医生做侧切缝合的时候，我才知道自己在没打麻药的情况下，身体被切开了那么大的刀口，足足缝合了 15 针。

妈妈虚弱又满足地看着护士们熟练地为你简单擦洗身体后，将你平放在体重秤上，一个护士大声地说："8 斤 2 两的大胖小子，看这头发，又黑又长，小手小脚，肉肉的。"

感受到我的迫不及待，护士们将你递到我面前，那是妈妈第一眼看到你。肌肤红润，头发浓密，闭着眼睛，张着小嘴哭声很洪亮，两只小手不停挥舞。可能是因为体重大，你并没有如其他宝宝一样额头皱巴巴的，反而看起来有些圆润。

看着小小的、糯糯的你，妈妈的心啊，瞬间就软得一塌糊涂了。

孩子，语言完全无法描述出那十几个小时里妈妈经历的一切。在剧痛里煎熬，在煎熬里等待，在等待里坚持，在坚持里盼望，在盼望里确信，确信你会平安地和我们相见。

就像你出生后医生才如释重负地告诉我说："在这么长时间的生产过程中，脐带绕颈两周的状况里，其实充满着各种无法判断的凶险。"

好在，大人孩子都勇敢又幸运。

是的，妈妈和你一起，那超过 18 个小时的体验，几乎共同经历了一场生死。

孩子，感谢你的到来，让妈妈体验了语言永远都无法描述的心路历程，不但让妈妈第一次深切地体会到了姥姥的不易，也让妈妈无比庆幸能有机会选择和你一起面对未来的一切。你的到来，使得妈妈一直以来不安的心突然就变得异常柔软，变得开始期待有你以后踏实安稳的生活。

从此，我又增加了一个新的身份，我不仅是女儿，是妻子，还是你的妈妈。你在一步一步教会我，如何兼顾并做好这几个不同的身份。

而初始时的迷茫，预产期时的乌龙，生产时的剧痛，都是为了迎接你平安到来的特殊礼物。

孩子，将来你看到这封信，知道了妈妈如何把你带到这个世界上，请理解，妈妈不是想让你记住妈妈有多辛苦，更不是为了让你感激妈妈为你做了什么。妈妈只是想让你知道，经历了你的出生，体验了人间极致的疼痛和幸福，妈妈更加深切地体会到：哪怕是等待一件非常确定的好事降临，过程也不一定是快乐的，都需要付出努力和艰辛，勇敢和坚持，甚至要面对未知的风险。

同时，妈妈还想告诉你：其实我们这一生，像这样结果已经提前明确的好事并不多。而绝大多数，都是不确定结果的事。

我们无法确定结果，是像希望中那样好，还是会因为某些突如其来的意外而变糟糕。也无法确定要坚持多久，付出多少，才能让它从那样的糟糕变成美好。

但是孩子，妈妈想告诉你，无论结果如何，都不必太过于担心。你要做，且能做的就是在选择了方向之后，勇敢去坚持，去努力，去奔向结果。哪怕最终不一定是如你所愿，最起码，经历过一切以后，你不会有太大的遗憾。即使有，也只是因为结果不够圆满而已。因为，你无畏无惧地选择了，拼尽全力地尝试了，毫无保留地争取了。

谢谢你，孩子，你的到来，让爸爸妈妈的世界变得圆满了。

因为有你，一切都值得。

欢迎你的到来，我的孩子。

第三封

相依

若渔小朋友：

你好呀。

在你出生后不久，我和爸爸就给你起了这个大概会陪伴你一生的名字。加上你的姓氏，朱若渔，读起来稍微有一点点拗口，不知道你将来会不会喜欢。

爸爸说，除了盼望你平安顺遂长大，我们还期待你将来能成为一个有智慧、有涵养，但是又不时刻锋芒毕露的大智若愚之人。同时，又希望在你这一生，我们对你的教育能够"授之以渔"，而不是简单地"授之以鱼"。所以我们最终决定将两层愿望结合起来，给你取名：若渔。

据书上说，如果小宝宝在出生的那一刻没有哭，证明他清楚地带着"前世"的记忆而来。说不定真是这样，因为你出生后不久，就经常在睡觉的时候灿烂地笑，有时是微微翘起嘴角，有时候甚至会笑出声来，手和脚都会跟着晃动，好像回忆起了什么有趣的事情。

你的出生，让妈妈有了新的人生体验。原来爱一个人也是分为具体的和抽象的。孕期的时候，爱是一种模糊的感觉，是停留在想象空间里的缥缈状态。会为你担心，甚至胡思乱想地怕你随时有什么意外；当经历过你的出生，看着你来到我们身边后，又是另外一种心境，那是一种真实到可触摸的、沉甸甸的爱意，而且是分分秒秒都在增加分量。

你的生日是 8 月 2 日，和爸爸每年必过的建军节只差一天。记得你出生后，爸爸的战友还开玩笑说，为什么不提前一天，这样父子俩就可以一起过节了。

孩子，等你再长大一点就会明白，爸爸是个穿军装的军人，这身特殊的制服决定了他和其他的爸爸不太一样。虽然你出生的那一刻他没在妈妈身边；虽然他大多数时候只能在电话里喊你的名字；虽然经常他晚上回来的时候你已经熟睡了，他早上出门的时候你还在甜蜜的梦里；虽然他经常不能和你还有妈妈在一起。但是妈妈知道，他对你的爱不比别人的爸爸少。只要一有时间，爸爸就会抱着你，把你高高举起，逗得你大笑不止。

孩子，爸爸眼里的那份爱也许你现在还不能明白，但是妈妈知道，爸爸是爱你的，他把对你的爱都浓缩在和你相处的点点滴滴里。多少次爸爸忙到很晚才回来，玩了一天的你早累得睡着了，爸爸会轻手轻脚地走到你的小床前，蹲在你床边，给你拉拉小被子，静静地看着你，每次都要妈妈催促提醒，爸爸才依依不舍地摸摸你的小脸，或者亲亲你的小额头，再看一眼空调的温度是否合适，最后带着满足的微笑离开。

有趣的是，爸爸看你的时候，眼睛里是抑制不住的开心，会在一旁跃跃欲试想要抱抱你、照顾你，但是真把你交到他手上，他马上会流露出一个新手爸爸的笨拙和无措。尤其是一开始尝试给你换尿布的时候，爸爸全程嘴角紧紧地绷着，眼神很专注，像极了在认真工作时的状态，只是手上僵硬又慌乱的动作暴露了他的紧张，惹得妈妈大笑不止。

孩子，你的出现就像一把钥匙，帮爸爸妈妈打开了一扇未知的大门，让爸爸妈妈走进了一个充满了新奇和挑战的新世界。

　　当然，在你一周岁的人生里，我们的生活中不是永远只有开心，也有意想不到的悲伤。

　　那是在你出生后第 27 天，晚饭后，客厅里，爸爸正把你放在腿上咿咿呀呀地逗你玩，姥姥在一旁整理晾晒好的大大小小的尿布，妈妈站在阳台接外公的电话。电话里，外公哽咽着告诉妈妈，妈妈的爷爷，也就是你的太外公突发心梗去世了，需要外婆马上回家奔丧。

　　孩子，你很难体会到那一刻妈妈悲痛又复杂的心情。妈妈满含泪水地转过身，泪眼蒙眬中看向客厅，突然感觉阳台上那一道薄薄的玻璃门，隔开的好像是两个世界。门内是可爱的你——一个新降临的生命，带给我们莫大的幸福，充满着美好与希望；一米之隔的门外，妈妈却被告知永远地失去了疼爱自己的爷爷。

　　巨大的悲痛袭来，妈妈难过地蹲在地上，怕吓到其他人，妈妈用衣袖挡住泪流满面的脸，一个人无声地哭泣。那一刻，妈妈甚至忍不住想，一个孩子的出生，一个亲人的离世，难道，这就是传说中的生命的传承和轮回吗？老天爷为什么要让世间的人面对这样残忍的得到和失去？

　　姥姥第二天一早坐飞机回河南奔丧，妈妈也非常想回去见爷爷最后一面，但是因为你实在太小了，还没满月，所有人都不放心我带着你长途奔波。左右为难的妈妈，实在不敢冒险坚持和姥姥一起回去送太外公最后一程，所以妈妈最终选择继续留在家里照顾你。

让人始料未及的是，随着姥姥的临时离开，妈妈突然变得非常情绪化。经常是你睡着了，妈妈还坚持抱着你在房间里不停地走来走去，还会莫名其妙地流泪。看到姥姥叠得整整齐齐的尿布，妈妈会哭；看着阳台上姥姥来不及带走的衣服，妈妈会哭；甚至看到姥姥给你做的小被子，妈妈依旧会哭。好像姥姥回家，带走了妈妈心里很重要的东西，让一切都变得不一样了。

是的，妈妈病了，妈妈得了产后抑郁症。

因为亲人突然离世却不能去送别的遗憾，也因为产后各种情绪不懂及时疏解。多种状况的叠加，以及产后哺乳期生物钟的紊乱，一系列的问题，导致妈妈陷入了中度的抑郁里。

那是自你出生后对妈妈来说最煎熬的半年。

随时掉落的眼泪，瞬间崩溃的情绪，无法集中的注意力，再加上不正常的心理状态，数次让我怀疑自己是否应该存在。在那样恍惚不定的日子里，妈妈一边手忙脚乱地照顾你，一边在抑郁的状态里拼命挣扎。那时的妈妈就像个溺水的人，清醒时努力自救，病发时甘愿沉溺。

爸爸看出了妈妈的异样，但是由于我们都缺乏对产后抑郁的认知，只是觉得也许是照顾你太累了，再加上亲人的离世导致情绪出现了波动。直到后来妈妈会在吃饭时突然落泪，会因为你的一点哭闹而大发脾气，爸爸才意识到也许妈妈真的是病了。

那段时间，爸爸想尽一切办法抽时间陪着妈妈。只要不出差，午休时间他就会骑着自行车从部队赶回家，陪我们一个多小时，再赶回部队上班。周末有空，就让妈妈出门去找朋友聊天，他自己在家照顾你。晚上更是尽可能让妈妈多休息，他和奶奶轮流给你冲奶粉换尿布。

而你，更是妈妈当时最大的救命稻草。因为只有在照顾你的时候，妈妈的情绪才能稍微平静下来。妈妈不止一次因为你的哭声，而把自己从抑郁情绪中拉出来，会抱着你哭，会让自己尽量转移注意力，而不是一味沉浸在自己的世界里。

　　所幸，几个月后，妈妈逐渐走出来了。

　　催眠大师吉利根曾说："当我们感受到心中有一种破碎的感觉时，这意味着你正行走在一段深刻蜕变的旅程上。而最终，你到底是变得崩溃还是跨越，都取决于，你是不是愿意和有能力与这份苦难建立正向的关系。"

　　孩子，就像我从来没想过你会成为我的孩子一样，我也从来没想过自己会因为你的出生而患上产后抑郁，从而在生命中有那样一段特殊的经历。你看，人生的过程就是这么神奇，有些事情是我们可以预知并规划的，但更多时候，生活是充满未知的，不到事情降临，我们也无法知晓答案。

　　但是别担心，孩子，哪怕有时候生活远比我们想象中的令人感到委屈和复杂，但我们也总会因为某个人的存在，又或者对某个人的爱，而让自己变得比想象中更强大。

　　生活的河流面前，爱，会让我们上岸。然后，阳光万里。

第四封

上学

若渔小朋友：

见信好啊！

又陪伴你走过一段时光，有太多的语言和记忆都凝结在思绪的起点，我无法用文字来描述这一刻的复杂的心情：有感动，有自责，有开心，有愧疚。

面对你，孩子，我仅有的那点驾驭文字的能力，又怎及因你的存在而给我带来的触动之大。你让我拥有了从未体验过的人生。感谢有你，让我对爱倍加珍惜。与其说你是我生命的延续，不如说，你让我感受到了什么才是生命的完整。

最近，妈妈一个人安静地待着时，脑海里常常会有一些奇怪的念头一闪而过，意识总是飘忽不定，也许是被前几次发生在你身上有惊无险的意外受伤吓怕了吧。一想到那些惊险的场面，我就心跳加速地慌乱，心，更是没有理由地不停颤抖。以至于现在时刻都在担心你，怕你再受伤，带你出门也总是紧紧地扣住你的手指，目不转睛地盯着来往的车辆。

即使如此，妈妈脑子里还是不止一次想象过：这辈子，无论何时，只要在你面对危险的时候，妈妈就能及时出现挡在你前面，哪怕是付出生命的代价，妈妈也会毫不犹豫。

妈妈曾经看到过一张照片，觉得震撼之余，更多的是心有戚戚。

两只猎豹追杀一只母鹿和两只鹿宝宝，本可以逃脱杀戮的鹿妈妈为了让两个孩子顺利逃脱，选择平静地站着——任由猎豹撕咬，眺望远方逃离的孩子，一副无畏和坦然的姿态。

将来你会明白，为你前行备粮草，为你撤退做断后，这，就是父母。

孩子，在这里，妈妈想先说一句：对不起！因为我的疏忽而让你的手指受伤，妈妈感到非常愧疚，虽然现在已经痊愈，但清晰可见的疤痕时刻提醒着我曾经带给你的伤害。纵然我心里万分愿意代你受此之苦，可空洞的语言毕竟代替不了现实里的一丝一毫的疼痛，有心却无力，这样彻骨的悔恨和内疚，妈妈真的会铭记一生。

妈妈想记住你走过的每一个脚印，深深浅浅的，把它们都嵌在妈妈心里……

还记得你第一次上幼儿园的时候，那时的你还不大，初为父母的爸爸和我太心急，没有考虑到你的实际状况，就草率地做了那个不太明智的决定。本意是让你提前在爸爸工作的部队的幼儿园感受下群体生活的氛围，这样等你到可以正式入学的年龄时，你也许可以适应得更快些。

但是我们没有意识到，说话、走路本就比其他同龄孩子稍晚一些的你，正处在语言能力的迭代期，无论多么不习惯，你都无法用语言清晰表达自己的意思，更适应不了从家庭生活到群体生活的巨大转变，哪怕群体看起来人很多，很热闹，都不是你想要的。而对幼儿的思维和心理感受认知能力了解不足的爸爸妈妈，却不由分说地把你推进了幼儿园。

在强烈的不适应面前，你只剩下本能的啼哭。当你抓着校园外墙的栏杆，撕心裂肺地喊妈妈时，我无法想象那一刻你的心情，是不是充满了害怕，是不是觉得父母抛弃了你，所以，即便是嗓子哑了，你都在不管不顾地哭。

入园第三天，更是发生了一件很惊险的事情：因为幼儿园老师的疏忽，你一个人沿着围墙从侧门跑了出来。小小的人儿，竟然想沿着记忆中的小路走回家。所幸，中途你被一个认识的奶奶碰到，将你抱回了家。谢天谢地，幼儿园是封闭在部队院墙内的区域，没有来来往往的车辆和太多陌生人，一路上你才没有发生什么意外。否则，后果真是不堪设想。

一周后，你仍然没有适应，甚至开始出现呕吐和发烧的症状，如此剧烈的反应让我和爸爸开始反思，也许是我们太想当然了。

按照爸爸的说法，一周后，你"辍学"了。

等你再次走进幼儿园，已是半年以后的事情。

有了上次尝试入园的惨痛经历，这次正式入园开学前，妈妈就经常抽空带你去幼儿园的围墙外，隔着栏杆陪你看小朋友们在操场上做游戏，压跷跷板，嬉笑打闹，告诉你每个小朋友都会在这儿开心地等妈妈来接他们。

可惜，收效甚微。

入学后，你仍旧哭个不停，对新环境的陌生感和看不到家人的孤独感，让你只能用委屈的眼泪来面对。说实话，每当看到你扯着妈妈的衣服不撒手，哭着喊着不愿意离开的时候，妈妈的鼻子都会好酸，好想把你抱起来，再也不让你受那么多的委屈。但是妈妈知道，每个孩子都要经历并适应这个分开的过程。你要想慢慢长大，就需要学着一点点地独立，就需要去学习知识，而上幼儿园，是必不可少的第一课。

孩子，你知道吗？一个多月后，妈妈经常只是送你到大门口，而不是像别的家长那样牵着手送你进教室。不是妈妈偷懒不想陪你，更不是妈妈不够爱你，而是妈妈想锻炼你，让你从小就开始自立。看着你甩着小手，精神抖擞得像个小大人一样走进幼儿园，看着你站在老师面前和妈妈招手再见，妈妈的心被骄傲塞得满满的。孩子，毕竟，你已经开始迈出了独立的第一小步。

孩子，这些年总体说来，你的变化很大。从只能含糊地说一两个字，到现在用整句话表达自己的意思和要求；从只会喊爸爸妈妈，到现在见到生人能主动问好；从需要爸爸妈妈喂饭，到现在自己动手使用勺子和筷子；更是慢慢学会了自己刷牙、洗脸，换下来的衣服还会自己放到水盆里去洗；进门换下来的鞋子，也会摆放整齐，看着你一板一眼的可爱样子，妈妈总是忍俊不禁。

　　孩子，你真的开始一点点懂事了。有时候，看着你聚精会神地摆弄手里的玩具，妈妈会想，你要是别那么快长大就好了，那样，妈妈就能多点、再多点时间看着你童真童趣的样子，就能把你一点一滴的变化都牢牢刻在记忆里。可惜，时间走得太快了，一不留神，你就长大了。

　　看着越来越多的孩子都拖着沉重的书包，小小年纪就那么辛苦读书，我已经开始为几年以后的你担心了。我们既想给你一个快乐无忧的童年，又无法不落俗套地不去担心你学习是否会受影响。毕竟，现在竞争太激烈了。但是妈妈和爸爸已经达成基本共识，绝对不勉强你参加各种培训班，除非是你自己喜欢。因为，我们只想让你在繁重的学业之余，玩得开心点、再开心点。

　　孩子，不知道你是不是一直怀疑妈妈对你的爱不够多，怀疑妈妈没有毫无保留地爱你。因为妈妈总是在你犯错误的时候，毫不客气地批评纠正你，也总是在你的无理要求面前毫不迁就地拒绝你，更是从不妥协地坚持要你养成一些好的习惯。对比爷爷奶奶对你的宠爱，似乎更显得妈妈对你的要求太严格，也许这些都让你感到妈妈有时候是很难亲近的，甚至是不近人情的，对吗？

也许只有长大了，你才能明白，在这个世界上，爱有很多种表达方式，就像爷爷奶奶对你的呵护和有求必应是爱，爸爸妈妈对你的严格要求和毫不懈怠也同样是爱，只不过这样的爱更深沉一些，这样的良苦用心你现在一定还很难理解。而这些，是你成长所不可或缺的，无论我们在你生命里扮演什么样的角色，对你的这份爱除了表达方式的不同，绝不会因为任何原因而减少一点点。

孩子，通过写信的方式，将你的成长历程记录下来，那是妈妈可望而不可即的目标，也许对妈妈来说，能陪你经历这一切，已经是莫大的幸福了。

跌倒

若渔小朋友：

　　见信好啊！

　　说真的，妈妈不知道你长大以后会不会还记得起你童年里这些美好的时光，就像我无法预测你如此单纯的快乐能保持多久一样。但是，孩子，妈妈真的希望你能一直在爱和幸福里健康快乐成长，一如现在。

　　这些年，你给所有人留下的记忆，不用轻翻日历，都可一幕幕闪现在大家的脑海里。

　　妈妈在自己记忆里早已找寻不到太多儿时的痕迹，因为妈妈小时候所在的农村是没有幼儿园的。所以，也无法亲身体会幼儿园这个有很多玩具和小朋友的地方，是不是真的给予了你很多的快乐。你从初始的百般抗拒，到现在的习惯自然，一年的时间里，你似乎长大了很多。

　　其实，妈妈心中并没有想过要你在这个环境里学习多少知识、会说多少英文、认识多少汉字，又或者计算多少加减乘除。我最大的希望就是你在这三年的时间里，能学着和小朋友相处，学着适应群体生活，学着养成一些好的生活和作息习惯。

还记得幼儿园开学第一个月，你因为生病而没有达到全勤，理所当然没有领到老师颁发的全勤奖——一包糖。放学后，你没有像往常一样叽叽喳喳地说个不停，而是一反常态地趴在沙发上埋着头一声不吭。奶奶以为你身体不舒服，把你拉起来，才发现你是在一个人偷偷地哭。听你哽咽着断断续续说清楚缘由，我走过去抱起你说："妈妈特别理解你现在的心情，也觉得你没有拿到奖励有点可惜。可是老师说只要以后每天都按时上学就会获得全勤奖，所以你以后要多吃饭，不生病，每天都不请假，这样下个月拿奖励的就是你了。"

你似懂非懂地看着我，似乎在思考我说的话，最后你擦了一把眼泪，认真地点了一下头。其实，妈妈感觉你并不能完全理解好好吃饭和全勤的关系。就像你无法理解，为什么请假了就没有糖吃一样。但是你似乎从我的话语和眼神里看到了下一次的希望，所以没有再哭，而是爬起来去吃饭了。

奶奶知道后，很是心疼，要买糖给你，最后被我制止了。

因为妈妈想要你学会一个道理：我们的生活中有很多规矩，如果想要公平执行，就需要人人都遵守这个规矩，假设谁没有做到，那就不能享受成果，否则，便是对遵守规则的人最大的不公平。以你现在的年龄，这些道理固然很难理解，但是经历这样的事情，总是一种全新的感受。

接下来的几个月里，你果然都得到了不同的奖品。之后，即使偶尔因为请假而没有得到全勤奖，你都再也没有哭过。

还记得我们一起做的灯笼吗？当时，幼儿园要求每人完成一份亲子互动作业，家长和小朋友一起做灯笼装饰教室。妈妈自知不是手巧又勤快之人，不是没有在脑中第一时间闪过买一个灯笼交差的念头，但是看到你期待的眼神，觉得相比去超市买一个，可能自己动手做起来，你会更加觉得有意思吧。最终，还是决定打起精神，选择和你一起亲手做。

果然，听说我们会自己动手做，你开心地说："妈妈，我们一起做一个最好看的灯笼吧！"

我和你坐在一起，翻看老师发的手工书，决定学着书上步骤用废旧红包折出一个六边形的灯笼。接下来，我去翻找出抽屉里废弃的空红包，你去摘下房间墙上铜铃的流苏，再剪下包装袋上的卡通动画人物图案，又找来了针和线。你兴奋地跑来跑去，帮我拿东拿西，似乎我们在做一件特别伟大的事情。

终于，我们一起完成了灯笼的制作。你围着灯笼开心地转圈，坚持要晚上把灯笼放在你的床头，说这样上幼儿园就不会忘记了。

第二天早上，你像个骄傲的战士昂首挺胸地举着灯笼，走在去幼儿园的路上，对每一个遇到的人说："这是我和妈妈一起做的！"那一刻，我真的觉得是因为你的存在，才让那个一点都不起眼的灯笼如此有意义。

可惜，在幼儿园门口分别的时候，因为举起的灯笼遮挡了视线，你被路面的减速带绊了一下，整个人摔在了地上。灯笼也因为冲力被甩出了一米远，并且恰巧被对面驶来的自行车狠狠地碾轧了过去。

你愣神了几秒，顾不得疼痛，挣扎着马上爬起来，冲过去捡起已经彻底变形、又沾满了泥巴的灯笼。

你不知所措地回头看了看我，又看了看灯笼，然后眼泪就止不住了。

我赶紧跑过去，蹲下来抱着你，等你情绪平息了一些才说："不哭了，妈妈知道你很难过。但是没关系，咱们可以先帮灯笼修整下，把压瘪的地方先弄鼓起来，再把泥巴擦掉，灯笼依然很漂亮，老师一定不会怪你的。"

你边抽噎边擦脸上的泪，然后和我一起小心翼翼地把灯笼重新调整好，擦干净。最后带着眼角未干的泪痕，走向了老师。

下午接你放学的时候，你开心地跑向我说："妈妈，我们的灯笼获得了二等奖，老师还夸奖我了，说我做得很好呢。"

妈妈很欣慰，你已经学会如何从早上的挫败情绪中走出来，并且看到了不一样的结果。

后来，你迷上了轮滑，也许是看到同班的很多小朋友优雅流畅地在地面上飞舞的样子，你心生羡慕了吧。爷爷奶奶总担心太危险，怕你摔伤，我也一直犹豫，无法下定决心答应你。直到有一天，你用一种从来没有过的，有点郑重其事的语气对我说："妈妈，我答应你，如果我摔倒了不会哭的，而且我会天天坚持滑，我一定可以学会的！"看着你攥着小拳头给自己加油的样子，我突然意识到，也许我们对你的保护有点过度了。

毕竟，受伤这样的意外情况是可以尽量避免的，但是如果非要用我们自以为是的保护，扼杀你尝试挑战的热情，我们的做法也未免太武断了。你以后要面对的挫折还有很多，我们没有办法，也不可能帮你平息所有未知的危险。如果通过学习轮滑能对锻炼你的毅力有一些帮助的话，这样的收获和我们想尽心保护你比起来，更更加有意义得多。不是吗？

果然，摔跤是必不可少的学费，看你一次又一次被摔得直皱眉，爬起来还没有站稳就又跌倒了，尝试好几次都未果。妈妈全程站在场地的一角，从头到尾都没有伸手帮你，只有妈妈自己知道，多少次我都强忍住想要伸出去的手，选择继续硬下心来站在你面前，鼓励你自己爬起来。你果然言出必行，膝盖擦破了，甚至冒出了血丝，也不哭，忍痛爬起来，继续。看着你不服输的样子，我忽然觉得，也许很多时候，我们都忽视了你的能力和潜力。

在妈妈看来，去经历，去锻炼，对你来说，也许比优越的物质和温室的保护更有用。

一如我初始时候的预料，几天之后，你出现了倦意与厌烦，开始用膝盖上已经结痂的擦伤做借口，哼哼唧唧不愿再去学。这次，我没有迁就你，反而顶着爷爷奶奶的压力给你报了专业的轮滑培训班，并且很清楚地告诉你，如果就这样放弃了，我不会再买任何的玩具给你，包括生日礼物。

孩子，你知道吗？无论是参加灯笼比赛还是学习轮滑，妈妈都不是要求你一定要做得多么出色，更不是妈妈虚荣攀比要你赶上其他同学。哪怕你一直到最后都做不好，我都不会责怪你。但是我想让你知道一个道理：既然决定去做，无论能否成功，最起码要试着去努力，做事要有始有终，不要轻易半途而废。

孩子，等你长大了，会学习很多古诗，其中有一句便是：春江水暖鸭先知。这是苏轼的《惠崇春江晚景》里的内容。也许老师会和你讲述一个道理，那就是要想知道事物的本质，必须亲身去经历，去体会。可是妈妈现在想和你说的是另外一个景象：鸭子在水面上游弋，显得那么从容，那么优雅，那么波澜不惊，但这仅仅是我们眼睛所能看到的，我们所看不到的是鸭子的双脚一直在水下忙碌不停，正是因为有了水下的不停忙碌才有了水上我们所看到的优雅和从容。

妈妈真的希望通过学习制作灯笼和练习轮滑这些小事情，你能亲身体会到任何事情都要经过辛苦、努力、坚持和付出，才能成功。

毕竟，连洛克菲勒都说：勇敢付出者，是幸运之神的宠儿。

孩子，当我偶尔不动声色地观察你专心做事时候的样子时，心里就会对上苍充满感恩，感谢命运把你赐予我们，让我们可以爱你一辈子！因为有你，我们才真正体会到人间亲情美满的幸福。孩子，再多的语言都无法表达我们对你的爱，就像再浓的情感都无法代替你在眼前的真实一样。

寻根

若渔小朋友：

此刻身在远方的你，开心吗？

孩子，你一定想象不到，此刻妈妈正端坐在安静的办公室里，手边是你的幼儿园毕业纪念册，心里想象着你淘气的样子，任思念无边地蔓延飞向东北的方向。我是多想亲口告诉你：孩子，妈妈想你了！虽然你才离开半月而已，思念里的文字，虽然做不到字字珠玑，但是个中感情，若干年后，你一定能体会到。

妈妈有些许遗憾，这段日子没有陪在你身边，但是一想到爷爷奶奶和叔叔伯伯们会在老家陪伴你，你一样会吃到美味的食物并收获一大堆心爱的玩具，一样会开心不已，也就释然了。毕竟，亲人的爱都是相同的，能有机会和老家的亲人们一起度过一段开心的时光，对你来说，也许更加珍贵。

妈妈想起在上大学的时候，曾经和同宿舍的一位阿姨谈论将来孩子的事情，她说等孩子 3 岁以后就把他放到冰箱里冷冻起来，不让他再长了。我原本一直当笑话来想的，现在却真的体会到了那种感受，孩子，妈妈怎么感觉还没有怎么陪伴你呢，一眨眼的工夫，就只能开始牵着你的手走了，是不是再一个眨眼，就只能跟在你身后，看你越来越高的背影了呢？

孩子，别怪妈妈这些自私的想法。也许你正盼望着能一夜长大，但我不是你，又怎知你的愿望。光阴让你越来越高，也让爸爸妈妈一步一步地走向衰老。自然规律，无可抗拒，我都懂，只是妈妈会舍不得这稍纵即逝的陪伴。

如那首歌里唱的一样，这一年总的说来高兴的事挺多。你长高了，懂事了，有了更多自己的想法，开始用自己的眼光来感受周围的一切。看着你一天一天变化着，妈妈打心眼里高兴，能看着你、陪着你经历这一切，对妈妈来说，是上苍赐予我的最大的幸福。

记得年初的时候，妈妈终于有机会带你回了一趟妈妈的老家，那是妈妈出生和成长的地方。我和爸爸笑着说，带着你去寻根，感受下河南的风土人情。

打算带你回去的想法，缘于你的一次发问。有一天你从幼儿园放学回来，突然问我和爸爸，什么是老家，是那里都住着老人吗？为什么你只有现在这个家，而你的很多同学都有老家。细问之下才明白，原来是开学后，你的很多同学都说他们假期回了老家，过得可有意思了。

爸爸告诉你说，每个人都有老家，那是一个人出生和成长的地方。比如，爷爷的老家在安徽，妈妈的老家在河南，爸爸的老家在东北。而你，将来如果去了其他城市生活，你可以说自己的老家在广东。

你对家人有着不同老家这件事，充满了好奇和兴趣，这也促使我决定在你上小学之前，带你回妈妈的家乡走一趟。

孩子，你年龄还小，没有过离开家的体会，一时还无法理解妈妈每次回老家的心情。从某种意义上说，有点像《小王子》中说的那样：如果你下午 4 点钟来，那么从 3 点钟起，我就感到幸福。

妈妈是从提前预订车票那天起，就已经开始感到幸福了。而姥姥和姥爷他们是从我告诉他们我可能要回家那一刻起，就开始惦念和期待了。虽然妈妈来到这个城市已经十多年，和爸爸组成了一个家，这期间回老家的次数屈指可数，你的降生更使得妈妈成为别人眼中的半个本地人，但是中国人骨子里的归属感，让我一直觉得自己依然属于那个再也回不去的小村庄。

和你一出生就在这个喧闹的城市里不同，妈妈出生在豫东的一个小村庄，妈妈在那里度过了贫瘠却幸福的童年。

姥爷一肚子学问，却因为祖辈上家庭成分的原因，终生没有走出农门。但是他却把知识看得比什么都重要，所以虽然和妈妈同龄的很多人都早早就退学帮助家里干农活，但是读书这件事，妈妈很幸运地坚持了下来。

在村里老旧的教室里读完小学后，妈妈有机会继续步行去十多里外的镇上读初中，再后来骑自行车到几十公里外的县城读高中，直到离开家乡到外地读大学。如此，大学毕业后才有机会来到我们现在生活的这个城市。

之所以带你回去，除了想让你感受下农村的生活，体验下不一样的环境之外，更是因为那里也有一群爱你、想你的亲人，他们虽然不能像爸爸妈妈、爷爷奶奶一样每天陪伴你，照顾你，呵护你，但是他们爱你的心都是一样的。

说实话，妈妈以为你会需要好几天的时间来适应农村的生活，毕竟那是你从未经历过的另外一种感觉。

没有你熟悉的高楼林立和车水马龙，更没有喧闹的超市和各种零食。有的只是尘土飞扬的弯曲小路，一个个岔口通往一个又一个低矮的村庄。村庄里大都是不起眼的砖墙小院，毫无规则地错落排列，彼此熟识的人们见面热络地打着招呼，家家都大门四敞着，即使家里没人，门也都只是虚掩着，不会落锁。猫和狗都是散养的，它们一点不怕人，在各家跑来跑去地乱窜。姥姥家屋后是一眼望去看不到头的青青的麦苗，那是妈妈最喜欢的粮食作物。

爸爸曾经闹过一个笑话，妈妈第一次带他回去的时候，站在一大片麦田边，爸爸吃惊地对姥姥说：这里好多韭菜啊！

可惜，这次我们没有赶上春节期间回来，否则就能带你体验下河南最具特色的元宵节风俗了。

因为元宵节过后，就预示着热闹的春节彻底走远了，所以家家户户都会做出各种栩栩如生的生肖面灯来过节。大人们会在面粉里加上盐，捏出各种生肖动物的形状，上锅蒸熟，动物底部都是圆溜溜的底托，间或缠上剪出的装饰图案，顶部是圆圆的、带花边状盛油的凹槽，香香的芝麻油倒入，再轻擦火柴点燃中间用棉签做的灯芯，瞬间映着一张张兴奋的笑脸。

晚饭后，小孩子们一个个小心翼翼端着灯，深一脚浅一脚地出门会伙伴，彼此指点着评判别人的灯没有自己的好看，就连盛装的油的多少都会被比较，因为那决定你能否有别人吃的时间长。借着手里晃动的灯光，看一家家点燃的烟花，灯光不够亮，尚要小心脚下。少顷，便会心痒难耐地偷吃那端灯。初始是一点点地抠着底座蘸香油吃，咸咸的，香香的，偶有边缘位置会被灯火烧成黄黑的锅巴，那也是会毫不犹豫被吃掉的。

掰一块，蘸一下，吃一口，看一眼，再掰，再蘸，再吃，再看。直至底部被一下子抠漏，麻油瞬间流一手，甚至滴一身！会有被油流出的突兀而产生的惊呼，但无懊恼，反而心满意足地拿着被吃了一大半的无油之灯尽兴而归。因为这个年，已经被自己吃进肚子了，再也跑不了了。

人就是这么奇怪，现在回忆起来，明明这么美好，可是妈妈小时候却无比渴望离开那个地方，每天都觉得那里的生活束缚着自己的手脚。

那时的妈妈总觉得院子里四角的天空那么小，低头不见抬头见的，都是那些熟悉的人。地里是总也锄不完的草，院后是总也喂不饱的猪和牛，家里的大人们要一年到头都在忙着收种庄稼，一家人才勉强可以填饱肚子。

记忆里最深刻的，是有一次给玉米苗施肥，站在比妈妈还高的玉米地里，锯齿状的叶子将妈妈的胳膊划出一道道红痕，而且那个尿素化肥实在太难闻了，呛鼻的味道让我泪流不止。实在没办法只能用一层手绢蒙住眼睛，需要费力地从手绢的布丝缝隙里辨别方向，才不至于摔倒。一边搜索着向前走，一边抬手一把把地抓起化肥，弯腰丢在玉米苗旁的浅沟里，再光着脚，用五个弯起的脚趾，勾起一些土将肥料盖住。如果土里有没有捡干净的麦茬，脚就很容易被扎破。

不消几个来回，胳膊上和脚上，都是大大小小的伤口。

这么多年过去了，妈妈还清晰地记得，从来没有哪一刻有如此强烈的感觉，妈妈想要逃离那片土地，逃离那里的辛苦、穷困和落后。

家乡，似乎已经留不住早已决定飞走的心。我却不知，那一走，就再也回不去了。

多年后，我带你回去，仲春时节不见玉米，只见麦苗。

你兴奋地在田地里撒欢，最后索性躺在麦苗上打滚，说软软的像地毯，说老家很好玩，有猫还有狗，还说让妈妈自己回去，你想留在姥姥家生活。

我有一瞬间时空穿梭回过去的感觉，你如我当年的年岁，却和我有着截然不同的感觉。

我是因为心底的思念回来，你是因为新鲜感想留下来。两代人，眷恋同一个地方，理由却截然不同。

可能这个世界有很多人，因为生活不得不离开了家，在异乡找到生活的出口时，回头却发现已经找不到回家的路了。从此，对故乡那个地方，心里只剩下无根的漂泊和绵长的思念。

妈妈心里着实不得知，这次长途旅行能在你的记忆里留存多久，不过可以确信的是，最起码现在你还没有完全遗忘，因为昨天你还在梦里说：妈妈，再带我回老家吧。

孩子，妈妈心里很清楚，总有一天，你也会像妈妈离开姥姥姥爷一样离开我和你爸爸，这个你长大的城市也会成为你心底里的故乡，你将义无反顾地独自去往外面更大的世界里翱翔，拥有自己的生活，拥有自己的家。我承认，现在只是这么一想，一想到你有一天会走出我的视线，我就已经开始心慌了，真到了那么一天，我又会有怎样的担心和不舍？但是孩子，没有办法，也不能逃避，这是每个父母都必须要面对的，这就是成长的代价。

可能这是中国人特有的情感，一边希望孩子在自己身边陪伴萦绕，一边希望他们去外面的世界闯荡。在这样的感情牵扯里，心里装着故乡，眼里望着远方，纠结不已却又毫不迟疑。20年前姥姥姥爷对妈妈是这样，若干年后爸爸妈妈对你也是这样。

不用担心，孩子，无论将来你如当年的妈妈一样远走他乡安家，还是选择留在熟悉的城市过一生，都会像妈妈这些年来一直感受着万里之外姥姥姥爷的爱一样，你也会一直感受得到爸爸妈妈对你的爱。不随时间改变，不因地点增减，一直都会在。

我们都要相信，爱停留在哪里，就能在哪里慢慢生根，发芽。

孩子，刚刚又忍不住翻看了你的幼儿园毕业纪念册，看到你头戴博士帽的可爱模样，我又不由自主地陷入回忆了。想起你说，你是郑重邀请我参加你的毕业典礼；想起我穿着高跟鞋陪你在典礼上做各种跑跳的游戏，脚被扭了好几次，想起了那个奥特曼拼图。

孩子，你一定不知道，你的那个选择，再一次让我领悟了你那单纯的快乐。我们做游戏获得的印章可以选择一个更高档次的礼物，但是你却干脆又坚定地对阿姨说："我就要那个拼图！"阿姨微笑着提醒你，说你可以选择价值更高的礼物，但是你却毫不犹豫地说："我就喜欢那个拼图，不要别的。"

能够深深体会到你那份单纯的快乐是你送给妈妈的一份意外的礼物。越长大，越觉得快乐难得，单纯的快乐更难得。妈妈又开始自私地奢望了，如果你能一直这么简单地快乐下去，那该多好。

孩子，过了暑假，你将成为一名真正的小学生。爸爸妈妈并没有选择将你送去寄宿学校，有经济上的考虑，也是打心底里不想让你距离我们太远，你太小，我和爸爸都不愿意因为学校和学习而让你的童年太辛苦。

看着别的小朋友在暑假里安排了预习班，提前学习小学课程，我和爸爸都不约而同地不为所动，如果还没有走进学校，就已经让你感觉到望而却步的辛苦，我情愿你按照学校的安排来接受那些知识。至于学习成绩，每个父母都希望自己的孩子是最优秀的，我们当然也不例外，如果你真的成绩出类拔萃，我和你爸爸一定非常开心，但是如果不好，也别担心，从幼儿园的自由，到小学的紧张，一定会有不适应的时间段，别给自己太大压力，相信自己，你会慢慢变得和其他小朋友一样得心应手的。

爸爸妈妈都做不到同龄人中的佼佼者，也没有权利要求你一定做到，成绩不是最重要的，我们只希望你健康、快乐，有张有弛地过好你学校生活的每一天。

孩子，妈妈不是个细心的人，所以很多你幼小时候的纪念照片和物品我没能保存下来。

妈妈不是有钱人，所以给不了你锦衣玉食的生活，甚至暂时还不能送你去私立学校读书。

妈妈是个耐心不足的人，所以偶尔会因为你的淘气和任性而发脾气。

妈妈也不是个好的老师，所以对你的教育和引导也是在一路的跌跌撞撞里走到现在。

所幸，妈妈还有很多时间，努力去修正这些不足，在以后的日子里，陪你继续走下去。

生日

若渔同学：

见信好啊！今天正巧是你的生日，妈妈祝你生日快乐！

此时的你，正在悠闲地享受步入小学后第一个真正意义上的暑假。你有两个月的时间不用早起、不必上课、不用考试，更无须每天面对"万恶"的家庭作业。

你的小学生活刚刚开始，还有很长一段时间可以这样单纯无忧地过，真好啊！

爸爸手机上的屏保照片是一张抓拍的、你放学归来的照片。照片上的你背着略显鼓囊的书包刚走出校门，不远处的爸爸喊了你一声，你稍微惊愕地转身抬头，大概是书包有些重，你背稍微有点弓着，大大的眼睛看着镜头，紧绷的嘴唇，眉心和下巴也都明显在用力的样子，着实可爱又真实。

对于一年级的生活，你比我想象中适应得还要顺利，经历了幼儿园的号啕大哭和生病不断，我一开始对你的情绪是有些担心的。好在大概是因为熟悉的幼儿园就在小学隔壁，你很快就在心里接受了新的环境，开始每天拖着书包，早睡早起按时上学放学，学习态度中规中矩，成绩呢，不高不低一直是中等。

因为这一年妈妈的工作正好处在上升的关键期，需要经常加班，再加上公司离家的确有些远，所以妈妈并不能每天都回家，照顾你饮食起居的任务就落到了爷爷奶奶的身上。爷爷奶奶把你的饮食习惯培养得很好，你吃饭从不挑食也不用人催促，只是家庭作业和学习成绩这件事让爷爷奶奶成就感不太强，他们觉得你不如爸爸小时候自觉和努力，学习成绩也没有爸爸优秀。对此，妈妈总是一笑置之，不会太多批评你、要求你，觉得就这样也没什么不好。毕竟，妈妈如你一样大的时候，做得真的不如你呢，最起码没有你现在的眼界和视野。

孩子，你这一年来的成长，妈妈有深切的感触，有欣慰和满足。可惜，尚来不及更多体会其中细节，一年又过去了。

寒假时，我们全家云三亚过年。在白云机场的候机大厅里，你意外捡到一枚面值一元的硬币。你没有选择放进自己的口袋，也没有问妈妈如何处理，而是径直走向一位穿制服路过的空勤人员。我跟在你身后，看到你拉着空勤叔叔的衣角，对方回头，你将手伸过去，摊开，掌心里是那枚硬币。

你看着他，说："叔叔你好，我在地上捡到的，交给你。"

空勤叔叔蹲下来，摸着你的脑袋夸奖了你一句，然后说："现在是下班时间，你可以自己留下硬币，这是对你拾金不昧的奖励。"

我以为你会有瞬间的犹豫。但是，你没有，你只是继续举着手，摊开，用动作坚持着自己的选择和回答。

最终，你将硬币交给了空勤叔叔，然后向我跑来。

孩子，你的这份纯真和坚持，让妈妈满是感动、骄傲和欣慰。尚还年幼的你，身上有很多大人们可能都已经丢失或者抛弃的东西，而那些东西可能是一个人生命里最宝贵、最质朴，也最难得的特质。

诚然，这一年的生活，不光都是顺利，还有意想不到的挫折和困惑。

记得吗，10 月底妈妈按照计划带你去心心念念的香港迪士尼游玩，但是很不凑巧，学校临时调整了考试时间，导致你错过了入学后的第一次期中考试。

回校后的补考，因为只有你一个人在办公室里答题，老师说你看起来有些紧张，考试成绩也不是很理想。

更糟糕的是，下课后，有几个同学围着你起哄，说你考得不好，一定不会有奖状，每个人都会有，就你没有。还有同学说，回家你妈妈肯定会打你的。你强忍住眼泪，生气地对他们说："我考得差，已经很难过了，你们还笑话我，真没礼貌，我不想和你们说话！"

班主任老师第一时间通过电话将此事告诉了我，让我关注下你的情绪。

那天下班回到家，我像什么事情都没发生一样靠近你，和你聊天，你没有如往常一般的滔滔不绝，而是情绪明显很低落，表情很不自然，抗拒的眼神中第一次出现了闪躲。我从你的眼神和表情里，看到了委屈和伤心，还有一丝掩饰不住的慌张。

看着你的样子，妈妈突然觉得好心疼，甚至有些心酸。

一直以来妈妈都想努力为你创造一个相对宽松的童年

氛围，不让你过早因为周围的大环境而被卷入过于激烈的竞争中。可以让你在若干年后回想起来，童年记忆里不是只有学习、考试、成绩、排名，还有玩具、游戏、打闹、童趣。可惜，我终是没有能力为你筑起一道密不透风的墙，让你不被外界所影响。毕竟人是群居动物，你要在这个群体里和大家共存，所以彼此之间就一定会有对比和选择，还会有竞争和淘汰。

只是，妈妈暂时无法将这些大道理说给你听，小小年纪的你，也根本理解不了这么复杂的道理和现实。

思忖了一下，我走到你身边蹲下，轻轻牵起了你的手，让你坐到你平时最喜欢的那个小凳子上，然后把你搂在怀里，一边轻拍你的后背，一边轻声问你，愿意不愿意告诉妈妈，在学校里发生了什么事。

你这才终于卸下紧绷了半天的情绪，趴在我肩膀上，抽噎着哭出了声，边抽泣着边说："有同学取笑我，还说我没考好，会挨打。"

感觉你情绪渐渐稳定了下来，我继续轻拍你的后背说："考试，每年、每学期都会有，一次没考好不用怕，一次没得奖也不用太难过，因为你还有很多的机会去考好，去拿奖。而且妈妈答应你，永远、永远都不会因为成绩打你，无论你考成什么样，妈妈都不会那样做。"

过了一会儿，我又说："如果可以，妈妈想和你一起看看你修改过的试卷，看看是不是全部都正确了，只要试卷上的错误全部都改正了，妈妈相信你下次就一定会有进步。"

从那以后，无论每次考试成绩如何，你递给妈妈看的，都是修改后的试卷。而妈妈，也一直都信守对你的承诺。

无独有偶，年底你因为感染了肺炎需要住院治疗，最终缺席期末考试。返校后学校安排了补考，但老师仍然在成绩没有公布之前的散学礼上给你颁发了奖状。老师说，因为你是个善良、诚实，又乖巧的孩子，一次考试成绩不能代表所有。

孩子，你看，一切，不都是成绩，成绩，也不是一切，多好。

孩子，在对待成绩的事情上，妈妈不想虚伪地说，妈妈根本不在乎，你考多少都可以。不是的，妈妈肯定希望你每次都能考高分，最好都是第一名，成为老师眼中的宠儿，成为其他同学的榜样。因为那样你也许能获得更多的关注和偏爱，甚至更多的自信和快乐，当然，也能在一定程度上满足爸爸妈妈的虚荣心和攀比心。

但是通过爸爸妈妈对你儿时的语言和行为的观察，发现和其他孩子相比，你的心智发育比同龄的孩子略微迟缓了一些。既然每个孩子都有自己的成长规律，那么如果用千篇一律的标准来要求你，未免太苛刻，也太不公平。爸爸妈妈是天底下最普通的父母，又怎么有资格要求你成为最出类拔萃的孩子，这太强人所难。刚进入小学的你，尚不能完全理解分数的含义，妈妈虽然希望你不弱于人，但也不至于不讲道理地拔苗助长。

学校，于你，不是一种负累，对我，已经是一种安慰。

望子成龙、望女成凤的心，天下每个父母都有，只是表达心情和渴望的方式不同而已。对妈妈来说，你能无灾无恙，快乐健康地长大，我心足矣。眼前成绩的好与坏，丝毫不会影响妈妈对你的疼和爱。

得之，欣喜；不得，如常，如此而已。

记得吗，那次妈妈生病发烧，爸爸出差不在家，奶奶不放心晚上要来照顾我，你像个男子汉一样对奶奶说："放心吧，奶奶，晚上我陪妈妈睡。"睡前，你帮我倒好一杯水，细心地摸了摸杯身确定水温是否合适，然后提醒我吃药，还不时地用小手摸我额头，低声宽慰我说："妈妈，别怕哈，吃了药就不发烧了。"

第二天一大早，我被一双放在额头的小手惊醒，原来是你早早爬起来帮我用手试温，听到你如释重负地自言自语道："太好了，终于退烧了。"见我睁开眼睛，你马上光脚跑去客厅，摇摇晃晃地端着一杯水说："妈妈，喝吧，温水，医生说多喝水好。"

孩子，你不会明白，妈妈那一刻的感觉有多复杂，幸福、感慨、心疼，百味杂陈。那个曾经在妈妈怀里嗷嗷待哺的小家伙真的长大了，知道体谅和照顾人了。可是孩子，为什么妈妈心底里会有丝丝酸涩的感觉？这样让人忍不住多看几眼的你，我还可以拥有多少个时刻？下一个时刻，你会在哪里？下下一个时刻呢？孩子，在妈妈心里，如果可以，我愿意时间就此停止，无论多少个时刻，我都这么看着你，陪着你……

孩子，生日两个字，也许对于你来说，只有礼物和蛋糕的记忆，但是对于妈妈和爸爸来说，是一种看着你快乐幸福成长的回忆。你是这些回忆的主角，你的懂事和胡闹、欢乐和眼泪、成长和烦恼，还有那些任性和搞笑，填满了所有的画面。我和爸爸像是幸运的观众，有幸抽到了两张无须购票即可入场的贵宾券，终生免费观看人间最美好的电影。

你的每一点成长，每一滴进步，每一个微笑，每一份快乐，每天都在直播和上演。

就这样将你的成长过程记录下来，时不时安静地翻看你的过往，对妈妈来说，是你给予的一种额外馈赠和享受。

孩子，希望你有生的日子天天都快乐！

第八封

挨拶

若渔同学：

你好呀，妈妈又给你写信啦。

前几天妈妈看了一篇文章，题目叫作《爸爸存在的理由》，是一个爸爸写给女儿的。妈妈当时就在心里问过自己：面对你时，我存在的理由是什么？暂时没有答案，因为我不知道在你心中妈妈是否如你所想的那样，又或是如你所想这般。

无数次，看着你熟睡中可爱的样子，妈妈都会感慨时间的流逝在你身上留下的印记总是清晰又模糊。清晰是因为你一直在我眼前生活，模糊是记忆里你好像每天都是不同的样子，感觉还没来得及和你多亲近些，你就成了一个小大人：会思路清晰地叙述你的想法，会伶牙俐齿地陈述你的观点，也会为了达成自己的小心思偶尔要赖皮。

哪怕看起来有些幼稚，可是那些一板一眼的样子里，都是慢慢在成长的你。

　　孩子，每每看到各类书本中、电视上教育专家谈关于教育孩子的话题时，妈妈都觉得有些汗颜。因为学习得越多，越发现很多方法妈妈都从来没有使用过，甚至根本没有意识到应该用科学的方式来教育和引导你。

　　有人说，这个世界上有一种职业，不经过岗前培训就可以上岗，那就是为人父母。作为新手妈妈，我真的不知道自己算不算合格，因为我对教育的理解完全来自儿时的感觉。准确地说，自你出生后，妈妈只是循着本能的认知，用当年姥姥姥爷教育妈妈的方式来面对你。比如，尽量给你自由生长的空间；比如，不过多限制你；比如，只在事关品行道德的时候用自己的理解来告诉你对错。

　　对于单纯如白纸一样的你，妈妈真不知这深一脚浅一脚、跌跌撞撞陪你成长的教育思路，是否能为你带来一幅明媚的未来图画。将来的你，会如何评价爸爸妈妈对你的教育和引导，这个评判的分数，会在你一路所向的前方显示出来，让妈妈期待又忐忑。

　　好在，你性格里的活泼开朗，待人中的友善大方是你最大的快乐源泉，像蓬勃的向日葵一样，迎着阳光，向上。

　　最近，妈妈经常会和爸爸谈起你挣钱买车票的事情，觉得你原来比我们想象中要坚强。事情源于你和其他几个好朋友聊天，发现唯独你从来没有过回河南老家过暑假的经历，这让你耿耿于怀。于是，全家一致商定这个暑假让你去姥姥家度过，但条件是你要自己干家务挣钱买车票。我们的初衷很简单，不为别的，只想你体会一下生活的不易，感受挣钱的艰辛，这样你才对花钱这件事，有自己的概念。

　　还记得为了多挣一元钱，你在完成了协议中的洗菜之后，追加削皮切菜的"订单"，结果却不小心把手指削破流血的事情吗？你没有哭，更没有喊痛，只是简单地处理了一下就继续切菜。我无意中发现后问你，你也只是轻描淡写地说一句："没事，不疼。"

　　《爸爸存在的理由》曾表达过这样一种思想：爸爸的存在，是想让慢慢长大的孩子明白，幸福不是幸福，伤害也不是伤害。

　　妈妈无比赞同这句话，因为爸爸妈妈给予你的幸福，有时真的不一定是幸福，因为这不长不短的幸福里有太多毫无条件的迁就和宠爱，能陪伴你一时，却无法绵延你一世。

以后独立行走在这世间的你，无法要求人人都如爸爸妈妈一样毫无条件地为你付出。哪怕你是毫无保留地对所有人，但最终也未必能拥有如你所想的收获和回应。所以，拥有幸福时，好好把握，失去幸福时，好好生活，这才是我们想努力引导你的。

至于有些伤害，更不是可以绕得过或者躲得了的，就像你很难明白为什么因为一句话，妈妈会这么多年来第一次出手打你！

其实，在你还没出生时，爸爸曾说，小时候因为调皮和青春期叛逆，没少被奶奶揍，上高中的时候还被奶奶用笤帚疙瘩追着打，直到现在还有心理阴影。以至于他后来暗暗发誓，等他做爸爸了，一定不会用拳头教育孩子。所以在这之前，无论你多淘气、多不听话、多不让人省心，我们从未动手打过你。

直到那一天，我彻底没忍住，将巴掌挥向你。

那是一个周末，你在看电视里的动画片，妈妈在阳台浇花，无意中听到你哈哈大笑过后喊了一句"去你妈的！"我愣了一下，不过没有太在意，想着也许你只是学一句而已，不必上纲上线。所以妈妈只是走过去，对你说："这是一句不文明的话，以后不要再说。"

你看了我一眼，什么都没说，转头继续看电视。

第二天，平时和你关系很不错的表姐来家里做客，给你带了很多好吃的零食和水果，还有你喜欢的变形金刚玩具。按照以前的习惯，表姐走之前你俩会单独在你的房间里聊会儿天，用表姐的话说，你们小朋友之间的话题，妈妈这样的大人不懂。

表姐从你房间里出来后，小声地对我说："我弟啥时候学会骂人了，频率还挺高的。"

我一下子想到了昨天你那句骂人的话，质问表姐："他骂你了？"

表姐说："是的，不过他并不是生气或者不满的时候骂的，可能他只是觉得很新鲜、很好玩吧。"

我思考了一下，然后把正在捣鼓玩具的你喊了出来，蹲在你面前问你："妈妈昨天是不是告诉过你，不要随便对人说不文明的话，你刚是不是说姐姐了？"

你看了我一眼，点了点头。

"现在，你要给姐姐道歉。"我继续说。

"去你妈的！"你笑嘻嘻地又喊了一句。

"看着姐姐，道歉！"我口气变得有些严厉了。

"去你妈的！"你直接冲着表姐更加大声地喊了一句，还打算不以为意地跑开。

那一刻，妈妈心里的震惊、气愤、对表姐的歉意，以及作为父母那种无法言说的挫败感，一起涌了上来，我瞬间情绪有些失控，在表姐拉住我之前，猛地抬起手，结实的一巴掌打在你的脸上。

你当时就被吓蒙了，眼泪在眼眶里打转，愣愣地看着我，却没有哭出声。

我没有像以前你有情绪时那样马上去哄你，而是继续以坚持的姿势，表情严肃地看着你，无声地对你说着两个字，"道歉"！

最后，你含泪向表姐道了歉，转身走向自己的房间。

表姐走后，我走进你的房间。你看了我一眼，没吭声，继续低头生闷气。

"妈妈要给你道歉，今天是妈妈没控制好情绪，不应该动手，更不应该在姐姐面前打你，是妈妈不对，对不起，妈妈下次不会了。"我主动说。

过了一会儿，我继续说："昨天妈妈告诉过你，那句话不文明，不要随便对任何人说，可是你今天一直对姐姐说，为什么？"

"我就觉得那句话好玩嘛，动画片里河马说的时候，其他动物都笑了。"你不服气的话语里还带着些委屈。

妈妈顿时觉得有些误会了你，但是又不知该怎么和你解释盛怒之下的那一巴掌。

我抱了抱你，继续说："对不起，妈妈现在知道了，你不是故意骂人的，只是觉得好玩。但是，那是一句不文明的话，以后无论是因为什么，这句话都不要随便对人说，明白吗？"

"妈妈，你今天打我了，我会记住以后不说了。"你似乎还有些心有余悸。

孩子，妈妈看得出来，你那被惊吓的眼神和瞬间涌出的泪水，是对妈妈动手打你的无法理解。在你看来明明一件那么好玩的事情，为什么我会这么严厉，竟然舍得动手打你。孩子，大概要等到你如爸爸妈妈一样有自己孩子的时候，你才会感受到那挥出的一掌里，包含着妈妈多少心痛和后悔。但是妈妈着实不愿意，也不能等到将来的某一天，有其他人用妈妈的这个动作让你明白这个道理。

　　孩子，在你小小的世界里，有很多东西爸爸妈妈要帮你学着去剔除，去甄选，去纠正。可能我们的处理方式不一定很完美，但是在基本的对错是非观上，爸爸妈妈可以帮你把控。当然，爸爸妈妈不是在苛求完美，不是不允许你犯错，更不是想用固有的思维变成框架拘囿你，我们的想法很直接：唯愿用人生那些所谓"过来人"的通用经验，尽量帮你少碰壁，少走弯路。

　　随着时间一年一年过去，你感受到的那些快乐和欢笑，那些碰壁和泪水，那些得到的和得不到的，那些你心甘情愿的和委屈接受的，都将成为你生命中不可分割的一部分。

　　妈妈心里很清楚，纵然每天都坚持为你留下文字，又怎能完全描述得出时间带给你的成长和变化。你日渐茁壮成长，爸爸妈妈人到中年，时间的追逐毫无选择地推着我们在走。盼你长大，去做你喜欢的事，爱你喜欢的人，不用再被学业和成绩折磨，不必再在父母的羽翼下小心翼翼地前行；可心底里又惧怕将来某一天，看着长到高高大大的你，爸爸妈妈已经被时间推着慢慢老去，无论多么想抓住你的手继续陪你走，却已不能，也不忍。像当年姥姥姥爷面对妈妈的远去一样，哪怕转身泪湿眼眶，却也只能选择目送远离。总有一天你能理解，父母的爱再伟大，也都要面对强忍的成全。

越长大，越孤单，是我们谁都无法绕过的残酷。

孩子，又是一个等到多年以后你才能真正明白的事实：因为你，时间给父母带来无尽的美好，虽然那些美好，注定都会成为过往，但是对父母来说，能陪你走过那些成长的日子，已经足够了。

妈妈对你充满了感激，因为有了你的存在，妈妈才能体会另外一份幸福和满足。能够看着你平安长大，是妈妈这辈子最大的愿望。

小男子汉，可劲儿地撒欢儿吧，沸腾地去玩吧，小伙子！预祝从明天开始的你和爷爷、奶奶、爸爸的自驾之旅一路笑声不断！

第九封

寄宿

若渔同学：

　　见信好啊！

　　以往写信时，妈妈还会犹豫如何总结一段时间里你的改变，那这次毋庸置疑不缺少话题和回忆。相信这段不长不短的时光所经历的，于你，是艰难的适应，于爸爸妈妈，是纠结的坚持。

　　在经历两场略有难度的插班生考试后，你终于成功转学：从公办学校转入私立学校，开始了住校生活。这也意味着从此你将只能每周回家一次。

　　从初始的极度不适应，甚至逃避，到现在开始有些喜欢，你用自己的方式慢慢适应着新环境，我们也用复杂的心情陪你经历着这一切。

　　这段时间，妈妈感触最深刻的是：当下，无论是父母还是孩子，都真的不容易。准确地说，是成长中的阵痛，太考验人。

让年幼的你转入寄宿学校这件事，我和爸爸不是没有听过不同的声音和意见，更不是一时草率的想法。妈妈早就预料到：让你离开父母，去重新适应和接受另外一种环境，对你来说可能过程会很痛苦，甚至，妈妈也动摇过，有不舍得，也有不放心，甚至怀疑过这样做的必要性。

但是一想到这个学校是目前来说我们可以就读的学校里师资力量和学习氛围最好的，而且小升初时还有一定的优势，又觉得必须做出这样的选择，一定不能因为眼前的困难而选择放弃，否则就是对你的不负责任。

孩子，爸爸妈妈从小在传统的中国式家庭里长大，根深蒂固地传承了中国最普通父母的心态：一边恨不得把你呵护在自己的羽翼下，以免你被风吹雨打，一边又担心自己羽翼不够强大，将来无法庇佑你周全。所以，感觉终生都在靠近你和推开你之间不停徘徊，爱得这么拧巴，却又固执。

最终，我和爸爸还是做出了为你转学的决定。为了不再继续动摇，我们还互相宽慰说：为了孩子能有更多的机会读更好的初中，即使大人孩子一时会难受些，也值了。

虽然我和爸爸提前半年就开始给你潜移默化做心理建设，经常有意无意地和你聊新学校的情况，第二次插班考试后，老师们也带着你们同年级的十几个孩子在校园、操场、宿舍、餐厅、体育馆都走了一遍，让你们感受学校的优美环境和完善设施，可是，在你们心里，大概所有离开父母的地方，即使有再优美的环境，都对你们没有什么吸引力吧。

几年前一个阿姨曾经对妈妈说，如果有可能，尽量不要轻易让孩子做插班生。因为，一开始的适应过程，对心智尚不成熟的孩子来说，太难熬。是啊，可以想象得到，初入一个新的环境，其他所有同学之间都是熟悉的，只有你和他们是完全陌生的，他们随时可以互相打闹嬉笑，而你却只能努力地、小心翼翼地尝试融入。这样的适应过程，对还不到 9 岁的你来说，滋味真的不好受。

开学那天，即使我和爸爸都感受到了你心里仍然有抗拒，但我们还是坚持如期送你去新学校报到。只是，我们都低估了你适应新环境的难度。

妈妈印象最深的一次，是第三周周末的晚上送你回校。

为了尽可能地多陪你，妈妈每次都送你到教室门口。看着你如前两次一样，低着头走进教室，妈妈心情有些复杂地转身离开。

开车驶出校园不久，老师打来电话，说你不见了！没在教室，舍管老师也说你没回宿舍！

我瞬间慌了神，马上急打方向盘，在前方最近的路口掉转车头，疾驰回去。

最终，我们在洗手间的方格里，找到了你。

你双手抱膝蜷缩蹲在角落里，脸深埋在膝盖处。听到声音的你抬起头，看着我们，却仍旧一言不发，我看到你满脸的泪水和眼里深深的委屈。

看到这一幕，我的眼泪瞬间就涌了出来。然后，我慢慢走过去，紧紧抱住了你，你在我怀里从低声抽泣到号啕大哭。

最终，我也没有带你回家，而是狠心地又把你交给了老师。

回去的路上，妈妈将车停在路边，自己趴在方向盘上泪流不止，有心疼，也有自责，甚至后悔。

妈妈再次深深怀疑和爸爸做的这个决定到底是错还是对，甚至觉得这是个无比自私的决定。打着所谓"为你好"的幌子，却根本没有考虑过你的感受，更没有想过这是不是你想要的，你能不能承受这样的感情分离。

　　妈妈真的不敢去想，躲在洗手间里不愿意出来的你，那一刻是不是觉得爸爸妈妈抛弃了你，那种被心里最信赖、最爱的人推开的恐惧感，以及由此带来的不安全感，你要怎么去消化？

　　那几天，妈妈深陷于内心的纠结和动摇之中，不知道要不要继续坚持，怀疑继续下去的意义，更担心自己将来会因此而后悔。

　　孩子，我真的不知道你内心经历了怎样的挣扎和努力，又或是觉得在那样的情况下，我仍然选择把你留下，让你觉得无比失望了。反正，我感觉从那次"失踪事件"之后，你很少哭了，慢慢开始接受这一切的安排。

　　孩子，虽然我们周末坚持最大可能地和你多相处，努力一起帮你慢慢适应新环境的陌生感和孤单感，但我们仍不知这段艰难的日子，会在你心里留下什么样的记忆。你是否觉得父母对你的爱在减少，又或是我们在一点点推开你。那些委屈抵触的眼泪，身处陌生环境中的无助，离开熟悉小伙伴的孤独，妈妈都能真切地想象得到，心疼，心酸，却又无能为力。

　　妈妈不能心安理得地说，学校有很多孩子比你还小就选择住宿，所以你也应该这样，那是在为自己找借口。更无法因为一切出发点是为你好而减少一点点的内疚和纠结。

　　毕竟，我和爸爸帮你做了让你觉得如此辛苦的决定，哪怕我们初衷是为你好，哪怕我们是你的父母，哪怕我们理由再充分，都有将一切不由分说强加给你的嫌疑。被教育竞争浪潮推着向前走的爸爸妈妈，一边无法免俗地为你的将来思虑谋划打算，一边却又在心里纠结在这样的方框里长大的你是否真快乐，矛盾的做法连自己都觉得不可理解。

　　每到此时，我都希望这个世界真有哆啦A梦的"时空穿梭机"，那样你就可以穿到未来，体验一下妈妈现在所处的位置和心情，有多无奈，多复杂、多身不由己，就能够更深地体会到在这样的成长和分离中，无论是父母还是孩子，都经受着阵痛，却又都不得不忍痛面对。

　　孩子，虽然到现在爸爸妈妈都无法判断这个决定是对还是错。但若干年后，如果你真的还记得这一段难熬的日子，并追问我们选择的理由，我会让你知道：可能这个决定不是你喜欢或者你想要的，甚至曾让你难过和伤心，但是请相信，我和爸爸只是希望在我们能力范围之内，给你提供更好的受教育条件，不是强求你出类拔萃，也不和任何人攀比，只是本能地希望将来你有更多一些选择的空间和机会。

初衷，仅此而已。

好在，我们都挺过来了，至少目前看来，你已经基本适应。看着几天前老师发来的照片，夏令营里的你看起来开心快乐，着实让我宽心不少。

书上说，不在身边，却又时刻放你在心上，姑且也算是一种美好的陪伴吧。

写下上面这些文字，思绪莫名地回到前几天，你拖着最喜欢的红色蜘蛛侠行李箱，准备和爸爸去旅游，和我在门口道别的场景。贴面，拥抱，叮嘱，道别，有模有样地拖着自己的行李跟在爸爸身后，迈着欢快的脚步越走越远，直到，在我视线里慢慢消失不见。

妈妈第一次真正体会到了那句话：世间的父母子女亲情，终究是一场渐行渐远的修行之路，路上有欢声笑语，也有电闪雷鸣，有携手前进，更有生死离别。而所有的一切，都将会从一次又一次的分离开始。

是啊，现在一周一次的往返，不过是将来不断目送你的序幕而已。慢慢会变成一月一次，一年一次，甚至最后变成几年一次。不是你去意决绝，也不是父母不想挽留，这世间所有的爱都是为了相聚，唯有父母和孩子之间的爱，是为了分离。

这，就是成长的代价。

就像有了你以后，妈妈才能体会当年姥姥姥爷为了妈妈到底付出了什么一样，将来的你也要在走了很长的路以后才会知道：为了孩子，父母什么都舍得，天下的父母，或许爱的方式不同，但是爱的心，都一样。当将来的某一天，爸爸妈妈连看着你远走的背影都渐渐变成奢望的时候，你才会理解父母。因为，你在哪里，父母的心，就会飞越万水千山地跟到哪里，无论见面或者不见面，都不会改变。

孩子，纵使妈妈现在仍能幸运地继续被父母千里万里地惦念着，仍是贪心地希望时光能慢些，再慢些。

父母慢些变老，孩子慢些长大。一切，都美好长存。

第十封

远游

若渔同学：

见信好呀！

刚帮你关了台灯，调整了空调温度，轻掩上房门，知道你睡熟了。

气象新闻从几天前就开始连续发出警报，预测到一个名叫"妮妲"的台风来了。据说是五十年一遇的罕见级别：交通运输全部停航停运，工厂学校一律停工停课。大部分人都怀着忐忑不安但是又略有好奇的心情待在家里，静等台风登陆。

妈妈应该和其他人的心情稍有不同，因为每当有台风预警，妈妈都会想起、说起多年前，也是这样的狂风暴雨不止的日子，妈妈迎来了你。

犹清晰地记得那个台风的名字，派比安。是的，因为你，连那场台风都多了一层特殊的含义。

窗外漆黑一片，隔着玻璃门看到阳台上的花枝在摇摆，已经开始起风了，不知道明天还会有怎样的狂风暴雨和诸多不便。晚饭时，妈妈感觉到你明显有些心不在焉，不开心的情绪写在你脸上。问了一句，才知道你本来和好朋友们明天相约一起看最新动画电影的，现在看来因为台风，计划可能要泡汤了。

感受到你的失落心情，妈妈只是拍了拍你的肩膀说："先睡觉，明天看天气吧，说不定台风绕个弯不在咱们这儿登陆了呢。"没有像往常一样，特意安慰你太多。

想来你此时应该没心情听妈妈讲什么大道理，所以妈妈忍住没有开口。

其实，妈妈想说：将来的日子里一定还会有很多事情，像不请自来的台风一样，突然地发生在我们的生活中，打乱我们的计划，更严重的，还有可能是突如其来的灾难和别离。

我们能做的，要么逃避，要么面对，没其他。

记得几个月前你曾经很感慨地看着一个小朋友对我说："妈妈，幼儿园的小朋友真辛苦啊，暑假还要上学。"

孩子，也许你早已忘记，你也曾如那个小朋友一样，经历过让你啼哭不止的幼儿园生活。只不过那些让你觉得难熬的日子，被你一天天走过了而已。就像你转学后再次接受新环境带来的不适应一样，你挣扎，哭泣，然后擦干眼泪，继续，直到慢慢喜欢。

这，就是成长。

多年来，看着你一点点长大，善良，谦让，开朗，学习上会偷懒，人也有点贪玩。人说父母是原版，孩子是复印件，你的那些缺点，应该是我和爸爸没有做好表率吧。

这段时间，对你来说最新鲜的事情，是第一次有机会去看看外面的世界。寒假，爸爸妈妈带你去了"印度洋上的明珠"——斯里兰卡。

我和爸爸始终觉得，旅行，是另外一种让我们增长见识的方式，去看不同的风土人情，去感受迥异的文化特色，能够开阔一个人的视野。只有我们不再固执地认为自己眼前看到的就是全世界，才能有更加包容的心境去看待周围的人和事。

就像有人说，旅行，很多时候最重要的并不是目的地，也不是沿途的风景有多优美，准确地说，旅行更像一个未知的体验过程，碰见一些我们没见过的人，经历一些我们没体验过的事，感受一些我们没有见识过的文化，结交一些心灵契合的朋友，在陌生的地方发现生命的不同和多样。

哪怕彼此只是萍水相逢，哪怕只是短暂相处，哪怕不会再有机会相遇，但是彼此心中的记忆会告诉我们，曾经的那些美好会长存。

在被誉为"世界第八大奇迹"的狮子岩下，你摸着比你身体还要硕大的石狮子的小脚趾，惊呼说："妈妈，古代人好厉害，怎么把狮子雕刻得这么大，还这么逼真的？"

在平纳瓦拉小镇上世界第一所大象孤儿院里，看着那些被收养的，或无家可归，或掉落陷阱，受重伤或脱离群体迷途，或因战火负伤及患病的幼象，你说："妈妈，司机叔叔说这里卖大象粪便做的环保纸，我想用压岁钱买一些，送给我的同学和老师，你和爸爸也多买一些，送给你们的朋友，买的人多了，这里的人就有钱给小象们买食物了！"

我们的出租车缓慢穿越一片茂密的原始森林时，在一段非常狭窄又颠簸的路段，爸爸透过车窗发现了一个简易工坊。爸爸对古锡兰的文化非常感兴趣，当即喊停了司机，我们一起下车走近观看。准确地说那是在几根木头上搭了一张白色塑料布的棚子，里面坐着的看起来像是一家人。有老人，还有孩子，他们都赤脚坐在一张席子上。角落的破旧纸箱里是一张张小纸片，大人们将一小撮看起来像干树叶搓成的碎末之类的东西放在纸上，小心地卷几下，最后两头拧住，整齐地码在一个小塑料筐里。小孩子们则用树脂一样的胶水，将手里折好的小纸板粘成一个个烟盒形状。看起来有点像中国传统的手工卷烟，只不过这里更原始，也更简易。他们讲不好英语，我们也不懂当地语言，双方只能简单地用手势比画加猜测。

离开的时候，爸爸买了几包他们卷的烟，说要体验下热带烟草的味道。

上车后，你问我，那几个小朋友一年到头都要在这里卷烟吗？他们家很穷吗？他们去过中国吗？我略感意外地看着你，思考了一下说："这里有悠久的历史和灿烂的文化，矿产资源也很丰富，但是因为各种历史原因，这里绝大多数人并不富裕，经济也不是太发达。你看，咱们路过的不少地方，手机网络只有 2G 信号。这个国家唯一的一条高速公路还是中国援建的。很多小朋友，尤其是女孩子，上学的机会并不多，很小就在和大人们一起干活养家。"

你若有所思地点了点头，没再说什么。

在首都科隆坡的酒店里，傍晚我和爸爸坐在酒店外的湖边长椅上看日落。夕阳下的康提湖和佛牙寺互相辉映，完美和谐静谧美好。一阵嬉笑声传来，原来是你和隔壁房间的印度小朋友在互相追逐嬉闹。

只见你们拿着一个气球在奔跑，玩得不亦乐乎。过了一会儿，你跑过来找我，想我给你们做翻译。你说自己的英语表达不太流畅，对方小朋友也差不多水平。我微笑着摇了摇头，告诉你："妈妈觉得你们不用翻译，一定可以自己解决。"看着跑回去的你，努力用手势加比画一遍又一遍给对方解释游戏规则，全然没因为对方一时没明白而着急或者生气。最终，你成功地聚集了同住酒店的另外三个小朋友，五个人一起玩丢沙包的游戏。分别的时候，你们拥抱了彼此，妈妈给你们拍照留念，你邀请他们来中国，他们也邀请你去他们的国家做客。

孩子，将来你就能体会到，每一次旅行遇到的人和事，都会告诉你，这个世界远比你想象中的真实和宽阔，贫困和富有都是世界的底色，每个人都有自己生活的印记和生命的真实。

妈妈曾不止一次对你说，世界的全貌，既不是你书本上读到的样子，也不是你生活里看到的样子，它最真实的一面，需要你走出去，才能看得到，看得清。而能随时随地融入一个陌生的环境，能在一段旅途中感受不同的人生体验，感受一份和陌生人相处的快乐，能在旅途中认识真实的世界，才是我们远游的最大收获。

孩子，人生就像一场华丽的冒险，下一步永远是未知。就像陶立夏在《岛屿来信》书里所说："旅行的意义就在于，它允许我们错误地理解生活。在这种生活里，我们都是无须承担的过客，是心情轻松的旁观者，是满心期待的异乡人。我们心安理得，满怀虚无缥缈的快乐与愁绪。"

很多时候，我们所有人就像是一块块橡皮泥，最终成为的样子，和我们周围的环境与自己的认知有关。环境和认知，就是我们的模具。而雕刻模具的过程，来自我们在学校里、书本上学习到的知识，来自生活中与人相处时学到的经验，来自一次次跌倒和失败中总结的教训，来自每一段旅行中看到的那些立于天地千载的古迹辐射到我们心中的震撼和浸润，更来自一路遇到的那些触动心灵的、展现生活百态的人和事。

孩子，说心里话，我和爸爸哪怕终我们一生只做教育你这一件事，都不能保证对你的引导足够正确和客观。为人父母者，摸索学习终生尚不敢称合格二字，何况是引领一个人的一生？所以，我们希望能有更多的机会，带你走出去，让你自己去体验、体会、体察。

当然，还有每年都会提及的话题，学习和成绩。

凑巧，妈妈前几天刚看完一篇文章，觉得很适合对你的期待，文章的题目叫作《你策马扬鞭仗剑天涯，我在路边看我的花》。

大意是说，你有征服世界广厦千间、良田万亩的雄心固然好，但如唯有藏书万卷，埋头苦读，沉醉学术的想法也未尝不可。

各自富足，各自尊重，都是选择，没有好坏。

当然，实现愿望的过程里，知识是铺垫，更是台阶。如你喜欢的科学实验，你头头是道地解释给我听的那些原理，都是知识。你在潜移默化里，朝着自己想要的东西走去，眼前一时不见厚重，不代表没有收获。

妈妈没什么大的愿望，只希望你能继续健康成长，多一些自信，多一些运动，无灾无恙地走好你的每一天。

在妮妲带来的风雨里，写封信给你，期待长大的你，将这一切都记起。

第十一封

时光

朱若渔同学：

见信好啊！

此时的你，在结束轻松又好玩的夏令营归来途中，老师发来照片，你们正在前行的车厢里开心地做游戏。而妈妈，正安静地坐在办公室里，准备写信给你。

动笔之前，记忆是散乱的。

你越长大，遇到的困扰和挫折就越多，爸爸妈妈却终生无法改变新手的身份，只能摸索着去引导和教育你。一路走来磕磕绊绊，深知哪怕怀着再多诚惶诚恐和敬畏之心，都注定有不合适或者不得体的处理之处。

我曾经不止一次地用"反思"这个词语，来形容我们和你一起走过的这些年。妈妈认真地反思了自己这几年和你的相处方式，更反思我和爸爸对你的要求是不是真的太简单粗暴，从而让你的性格里有了一些不自信和不确定感。

从进入五年级开始，无论我和爸爸曾经多散漫、多无所谓地面对你的考试成绩，面对将要到来的初中，和三年后的高中，我和爸爸都不得不自嘲地说，看来，终是不能免俗地要去追分数了。

我们当然可以坦然地对你说，无论你上什么样的学校，都丝毫不影响我们对你的感情。但是即便如此，我们仍然自私地希望你能再努力一些，让自己取得更好的成绩，继而上好的初中、高中和大学，将来去学你喜欢的专业和从事你爱好的行业。

你现在可能还无法明白，成人的世界里，当一个人没有其他选择的时候，在某种程度上就像没有了希望一样。那些选择可能不会改变你的性格，但是足以影响你的生活。当你疲于应付生计而日日奔波的时候，就不得不将多年的喜欢和爱好强压在心底，甚至终生无缘再提及。

这些道理，妈妈都是这几年才有了很深的体会，感触越深越忍不住想说给你听。

妈妈最近有很多话想和你聊，眼前的，以后的，那些日常，还有那些第一次。

这段日子妈妈会经常翻看手机相册里你的照片，其中有一张是你正在缝毛巾上的姓名贴，另一张是你在小学毕业典礼上的相声首秀。

提起缝制姓名贴，妈妈记得，那是一个夏日的周末午后，我和你一起坐在沙发上。我在看书，你在整理清点自己回校的衣物。

间隙，你突然停下来，若有所思地考虑了一会儿，然后对我说："妈妈，我的毛巾和同宿舍另一个同学的毛巾看起来很像，我想把自己的姓名贴缝上去，这样就不容易拿错了。"

"可以啊，去缝吧。"我说。

你从自己书包侧边的口袋里，翻出好几个绣着自己名字的条形贴，拿起最上面的一个，在毛巾的不同位置比画着，最终小心翼翼地摆放好，左右看了好几遍，确定位置合适了，又跑去找姥姥的针线包。

妈妈猜到对于第一次拿起针线的你来说，应该着实不擅长这个事情。遂将书放在一边，转身看向你。此时，你正低着头，嘴唇微微绷着，仿佛把所有的注意力都集中到双手的针线上。你左手捏针，右手拿线，一点点地让它们相互靠近、碰触，屏住呼吸努力地想将软软的线头引入针孔中。

看着线头在针孔间来来回回地晃动，妈妈也不由得跟着紧张起来。有好几次，看起来差一点就成功了，可惜终是因为一些稍微偏差，失败了。

你深吸一口气，转向我说："妈妈，你帮我。"

我点点头，接过针线，嘴唇轻抿了一下软软的线头，用手指再轻捏一下，让它又细又直，然后稳稳地穿向针孔，很快地便从针孔中拉出长长的线，又顺手在线头处打了个结。

看你诧异又佩服的眼神，我摸了摸你的脑袋，笑着说："羡慕吧？妈妈小时候跟姥姥学过缝补衣服和纽扣。"

你小心地拿起毛巾，左手用大拇指摁住姓名贴，右手将针尖扎下去，歪着脑袋小心地翻看了一下背面，然后再慢慢把针穿透毛巾扎回来，线有些长，你很努力地把胳膊伸直了去引线。

一针结束，你神态明显放松了很多，半个小时后，你成功地完成了第一个作品。

妈妈看着针脚虽然有些扭歪，但是四边却足够稳固的姓名贴，冲你伸出了大拇指。你摇头晃脑地甩着毛巾，得意地笑了。

孩子，妈妈看着你专注又认真的样子，心里真的很欣慰，也很感慨。从来没有想过，当年妈妈曾觉得学起来辛苦无比的那些技能，有一天会因为有机会参与到你的第一次体验而无比幸福。

时间除了督促我们要不停地行走在路上，还会提醒我们回过头去看一看，将那些生命中第一次的美好记录在心。

记得在举行毕业典礼的前一个多月，你就开始筹划在典礼上的演讲节目。几经商量后，你决定和一个关系不错的同学登台表演一段相声。从网络上下载喜欢的段子，打印出来排练，到上台的长袍大褂，颜色、款式、尺寸，你全程自己做决定。

你还问我说："妈妈，你可以帮我搭档也买一件长袍褂吗？他妈妈不支持他花费时间排练，所以不给他买演出服，可是如果只有我穿，他不穿，影响演出效果不说，他肯定心里不好受。我俩身高体型差不多，买一样的就行。"

最终，我买了两件一模一样的演出服。

孩子，毕业会演那天，妈妈第一次见到那样的你：一身浅蓝色长袍马褂，面带笑容站在舞台上，自信满满的样子里，仔细看还能发现带着些许初次登台的羞涩。只见你俩声情并茂地说出早已排练过无数次的台词，动作表情自然流畅，间或带着搞怪的鬼脸，逗得老师和同学们在台下哈哈大笑。

人生，是一个苏醒的过程，生命，是一次历练。从鲜衣怒马到银碗盛雪，从青葱岁月到白发染鬓，人总是在经历中体会，在体会中懂得，从而一步步走向成熟，修炼出一颗波澜不惊的心。而你人生中的每个第一次，都无比珍贵，无论是成功还是失败，是欢笑还是泪水，都是一种美好的体验，也是一种成长和收获。

孩子，那一刻，我突然发现，原来时间没去哪儿，它就在你的身上，在你日日渐长的身高里，在你越来越清晰的思维里，更在你不停前行的脚步里。

还记得我和你在图书馆里，你看《机械世界》，我看《禅的行囊》。你说内燃机的发明原理好复杂，我说外国人为什么喜欢中国的寺庙；你说不知道牛顿晚年研究神学的时候是不是也会和动能联系在一起，我说不知道外国寺庙和中国寺庙里的摆设方位是不是一样。

还记得咱们一起去马来西亚的兰卡威旅行，我让你试着用英语告诉酒店前台，等我们出门了帮我们收拾房间，我不知道你是如何沟通的，只知道下午回来房间是干净整洁的。

还记得，你郑重其事地和我讨论男生觉得什么样的女生矫情，女生觉得什么样的男生粗鲁……

当然，有关这段时光的记忆也不都是美好的。还记得妈妈那次毫不留情地打你吧？在你眼里，盛怒之下的妈妈样子肯定很难看，那么凶地冲你吼、朝你喊，还让你趴在床上狠狠地打你屁股。

孩子，我不想为自己辩解说那是因为你有错在先，又或是为你好，要你长记性。我只想说，和你第一次面对成长一样，妈妈也是第一次做妈妈，没有做妈妈的经验，不知道怎么教育孩子。但心里又着实怕你的某些缺点会让你失去约束，怕你离开我们以后过得不好，更怕你因为我们对你的放纵而让你受尽劳碌之苦。说真的，怕的事情太多了……

世界上的妈妈应该都是好妈妈，如果不够好，就像你无数次惹她生气她都原谅你一样，也请你不要怪她。妈妈那些看似不可理喻的行为，很可能是因为当妈妈不知道如何去表达严厉之爱时，方式就会变得笨拙可笑，甚至漏洞百出。但是，请相信，父母对你的感情，永远都是把一肩重担挑起，还故作轻松状说不累。始终如一爱你的，就是这样的感情了。

孩子，虽然爸爸妈妈爱你的方式有时候不是你喜欢的，甚至某些爱上带着刺，已经伤到了你都不知道，但是毋庸置疑我们非常愿意并期待陪你经历这世间的一切，那些每一个和每一次，每一个难忘的瞬间，每一次尝试，每一次努力，就像妈妈经常对自己说的，一直向前走吧，遇到什么是什么，都是千金不换的体验。

有人说，像入瓶的每一滴酒都回不到葡萄一样，任何人都回不到过去，所以，以后的你可能会因为长大而失去很多东西，但妈妈更相信在得失之间，你会明白很多书本之外的道理。

孩子，你的每一个第一次，构成了妈妈美好回忆的一辈子。

第
十
二
封

成长

朱若渔同学：

看着当年那个走路摇摇晃晃、说话口齿不清的小朋友，一步步成长为可以独当一面的少年，一种始料未及的冲击和感触瞬间溢满了妈妈的心口，妈妈突然间惊觉，你是真的长大了。

记得妈妈在看到你穿长袍、戴围巾、站在小学毕业会演的舞台上时，曾感慨地说，原来时间真的没去哪里，它就在你的变化中，它让我看到你长大了。时间流逝的痕迹，在你越来越高的个子里，也在你越来越机灵的头脑里。

虽然明白道理讲得再深刻，可能都不及让你自己脚踏实地去感受来得深刻，但是在这个特殊的日子，妈妈仍然想和你聊几件事，几件希望你能早点明白的事。

·关于感恩和原谅

你们这一代的孩子，物质生活殷实无缺的同时，却也被飞速发展的社会，抹去了太多爸爸妈妈这代人儿时曾感受到的亲情关系的完整和简单。比如兄弟姐妹的自幼相伴，比如亲戚朋友的日常相处，又比如左邻右舍的长久相交。

但是，爸爸妈妈仍然希望你能多懂人之常情，常怀感恩之心。

所以，如果可以，请你铭心一定要感谢这几年辛苦培养你的老师们和朝夕相处的同学们。没有老师，就没有今天识文断字的你；没有同学，就没有那些打闹、欢笑，甚至矛盾和流泪的回忆，更没有你笔下写的"多想回到从前，多想和他们继续在一起"这样的感慨。

是的，这几年，因为有了他们，你的每一天才无比充实和收获满满。我很开心，看到你在自己的毕业留言簿的首页里写道：我不会忘记你们，这一切的一切都将成为美好的纪念。我很欣慰，你在上周练习写字的时候突然对我说："妈妈，我很想念我的老师们。"

霍金曾说："正是因为你爱的人住在这里，宇宙才有了意义。"妈妈的家乡也有类似内容的一句俗语："没有血缘关系的人对你好，那是上天送给你的礼物。"是的，我们人生的每一段路程里，都会遇到不同的人，教会我们不同的道理。即使将来彼此各自奔前程，但是曾经的友情会让我们牵挂对方，每每想起那个人，都会心生温暖和美好回忆。

当然，妈妈知道，你和同学之间并非全部都是开心的事，你曾经因为插班生的身份被孤立过，这让你每每提及那个同学都感到很受伤，心里一直无法释怀。孩子，妈妈不是你，不知道你当时受伤的心情，所以无权，也不会要求你原谅这一切。

但是孩子，妈妈想说，感恩和原谅是两码事。

妈妈一定不会要求你因为满怀感恩之心，而必须去原谅那些伤害过你的人，同时更不会因为有人伤害了你，而教你用恨意去看待这个世界。毕竟，这些真实发生过的事，是你的经历和感受，是你生命中任何人都无法强行改变的体验。心怀感恩之心去面对那些曾经温暖和感动过你的人，能让你愿意用爱去包容别人，传递和给予爱。而原谅与否，完全取决于你心中的难过和伤口是否完全消弭，这两者之间一点都不矛盾。

记得你 3 岁那年，妈妈带你去参加社区的爱心活动，为那些因为天灾而失去家园的孩子献一份爱心。妈妈抱着你，你伸着小手学着其他人的样子将捐款放进募捐箱，还有模有样地为他们做加油状，恰巧这一幕被不远处的一位阿姨抓拍了下来。至今，妈妈还保存着这张珍贵的照片。

美国作家米奇·阿尔博姆在他的畅销书《相约星期二》中提到了"反向力"这个词语。他说："生活是持续不断的前进和后退，有点像摔跤比赛。你想做某一件事，可能你又注定要做另外一件事，你受到了伤害，可你知道你不应受伤害。你把某些事情视作理所当然，尽管你知道不该这么做。"

最终，爱会赢，爱永远是胜者。是的，同情心和责任感，只要我们学会这两点，这个世界就会美好很多。妈妈希望你在美好的世界里生活，也希望你为这个世界奉献一份美好。因为将来你会理解，生活并没有字面上的深意，所有的幸福和遗憾都藏在日常里。而我们能做的就是接受和给予。

·关于成长和烦恼

孩子，随着你进入青春期以及初中生活环境的改变，你会开始慢慢体会到成长中的各种烦恼。

可能因为某一次考试成绩不理想被老师痛批，可能因为和某个同学的小摩擦而心生烦躁，可能是老师点名说你的头发需要再短些让你郁闷，还可能是因为爸爸妈妈的唠叨让你觉得聒噪，甚至可能只是因为你看了一本结尾不够圆满的书而觉得意难平。

在这样的过程里，你可能会觉得辛苦，充满困惑和迷茫。孩子，不必担心，这是每个人成长中必经的。成长是一个生理和心理变化的过程，也是思想逐步成熟的过程。每个人的成长都不可能一帆风顺，都会有很多烦恼。成长就像旅行，每一次出发，每一种经历，都会带给你不同的滋味。

有人形容此时的你们，像是神明悄悄没收了人类的胆怯，所以使得你们这些少年的青春轰轰烈烈，却又跌跌撞撞。是的，在成长的路上，你们将会尝遍人生各种滋味，它会使你开心，也会令你烦闷，这是每一个人都要经历的。但是这些都只是在你成长的路上留下一道道痕迹，增加你们的人生阅历，因为这条路很长，你只需要不急不躁，慢慢向前走就好。

预知，并不会让人变得成熟，经历才会。所以，孩子，你不要担心那些可能让你烦恼的事情，它们都将成为你的经历。

如果你愿意，我和爸爸随时愿意倾听你的心事，用我们可能不太成熟的经验，和你一起思考如何面对你才会轻松些。孩子，你要毫不怀疑地相信，只有经历过这些看似的烦恼，你才能领会更大的世界里有什么，才能得到书本之外的收获。

酸甜苦辣才是人生百味，愿你自己掌勺，将你的青春生活调成一锅汤，每一口，都是属于你的独特滋味，每一口，都是你体会成长的滋味。

成熟，长大，才是真正的成长。

·关于父母和你

我和爸爸经常讨论对你教育的得与失，会感慨地说中国的家长应该是世界上最辛苦、最纠结却又付出最多的家长。

我们总是一边希望你快乐长大、简单幸福就好，不必太早面对成人世界的压力，一边又希望你所有的比赛里都常站中心位出类拔萃，获得更多的关注和机会；一边提醒自己每颗种子的花期不同，不要羡慕别人家的孩子，一边又希望你今天输入，明天就可以收获硕果累累。

我们总是感慨自己如你一般年龄的时候，放假只剩下疯玩，觉得那样的幸福时光太难得，转头又在你的假期里给你安排各种补习班。

…………

大概正是这些既要，又要，还要，加在一起压弯了爸爸妈妈和你的腰。我们都在徒劳无功地随大流追求世俗意义上的好孩子，却又无法在任何一种可能性中得到令人满意的答案。

就像我们习惯虚张声势，却又总是胆战心惊——担心赶不上，等不到，被看轻。于是，父母不敢停，不平静，不甘心。孩子被催促，被推搡，甚至被拔苗助长。

孩子，做我们的孩子，辛苦你了。

虽然我们为你提供了所有我们能给予你的生活条件，但是不得不承认，你也承受和背负了太多来自我们的压力。我们总站在自己的角度觉得一切都不及学习重要，认为它对你人生的重要程度甚至不亚于拿破仑翻越阿尔卑斯山，恺撒大帝渡过卢比孔河，所以我们会经常忘记了你的心理需求和心智成熟的程度，而按照我们的想象来给你画线。

尤其是我们这些"过来人"被生活里的各种遗憾和现实拷打过以后，体会到了那样的代价有多大，就更加迫切地想让你们避开所有我们曾走过的弯路。这样的我们就如同被哈迪斯耳语过后的奥菲斯一样，内心越提醒自己不要做的事情，往往越会下意识地控制着它去做。

所以，大家都在感慨，越长大，好像快乐越难。

静下心来，回望走过的这一路，孩子，我想说，无论我们多想把世界上最好的都给你，却不得不承认，其实，这个世界最好的就是你。

我的小伙子，平安快乐每一天。

第十三封

印记

朱若渔同学：

见信安好呀！

当你看到这封信的时候，一定想象不到这封信和往常不太一样。因为此刻妈妈正在悉尼一家酒店的书桌旁，为你写下这封信。

现在是澳大利亚的秋天，外面正下着小雨，妈妈房间阳台门开着，清新的空气带来几缕微凉，光脚踩在地毯上，倒也不觉得冷。正对着阳台位置，抬头就能看到几棵四五层楼高的"女王椰子树"。又细又长的翠绿叶子像伞状一片片低垂着，雨滴打在上面，沙沙作响而后顺着叶尖向下滴落，耳边不时有高高低低的鸟叫声传来，却一时不能发现雨天的它们栖身在何处。楼下的马路上，不时有汽车驶过，辗轧路面的摩擦声异常清晰后又逐渐消失。

难得的周末清晨，在这样一个异国他乡的雨天，妈妈选择放下手头的工作，安静地写今年的信给你。

孩子，不论我们觉得时间是走得快，还是慢，收获是多，还是少，步履是顺，还是难，不知不觉你逐渐长大。

无论对你，还是对妈妈，这段日子都是有诸多感触的一年。迈入初中生活的你，面对新环境和快节奏的不适应，不惑之年的妈妈那些突如其来失去的亲情，彼此都有的那些不想面对却又不得不迎头而上的困难，构成了我们这一轮充满成长、伤痛、努力和收获满满的四季。

纵然觉得过去的一年有太多的事情可以和你说，但是思虑再三，妈妈还是想先聊聊你，再聊聊我。

这段日子，相信你过得并不轻松，成长过程中的那些酸甜苦辣你一样不少地悉数品尝。不可回避的学习，过山车一样起起伏伏的成绩，爸爸时常耐心有限的包容度，妈妈急躁心情下爆发的狮吼，以及我们在共同的教育大环境下唯恐落后的焦虑心情，夹杂在你越来越快向前走的学习生活步伐里。这些、填满了你有些辛苦波折却也没有太多选择的初一生活。

孩子，你一定不知道，每次因为你的学习态度问题，我和你发生争执后，我在冷静下来时会在心里问自己：这样到底算不算是为你好，让你努力读书，到底是我们的虚荣心在作祟，还是因为那是你必须走的路？要怎样才算一个合格的妈妈，才能不让我们的亲情里充斥彼此伤神的相处？

不可否认，这是个多选题，以上因素都有。但是归根结底的终极答案，不过是因为我们觉得自己是所谓的"过来人"，多年生活摸爬滚打的经历和感受，使得我们打心眼里希望你将来面对更长远的生活时，拥有更多选择的权利，选择更有意义、更喜欢的工作，而不是被动接受，接受生活的窘迫和艰难，接受现实的无奈和辛酸。

虽然有人说，捉襟见肘是生活，游刃有余也是生活，但是我们仍然无比渴望你能过上后一种生活。

我常对你说一句话："当一个人仅仅为了生存已经需要用尽所有力气的时候，他的那些梦想，那些喜欢的人和事，那些静心享受生活的轻松，都只能无奈放在一边了。"虽然，读书并不是实现梦想的唯一可能，但是当你拥有足够多的智慧时，你就能在心里将生活和生存隔离出一道防火墙，哪怕生活不富足，但是内心不会贫瘠。

一如著名作家麦家先生在给他儿子的信中说："让书，

带你回家，让书，安顿你的心，让书，历练你的翅膀。"

你现在可能无法理解妈妈多后悔当年没有足够努力，以至于而今读再多的书都只能是消遣，都无法弥补当年的遗憾。

可能生而为人，最大的遗憾莫过于，我本可以，可惜却没有去做。

若干年后你终会明白，所有我们心底里渴望的东西，都无比珍贵，不只是踮踮脚尖就能够到那么简单。每一分收获，都需要我们全力以赴，奋不顾身，甚至累年追寻方可得。而这些年苦读的岁月，只是你此生承受的最轻的苦。

就像成年人才有的感慨：成年后一整年的快乐，都比不上儿时读书下课的那十来分钟。

孩子，无论我们多爱你，都无法代替你去读书和成长。去亲历这一路充满辛苦的旅程并体会那些延迟的满足，将是你生命里不可多得的美好。一个人的成长如果不摔跟头，不碰壁，不碰个头破血流，怎能炼出钢筋铁骨，怎么能长大呢？哪怕你现在不觉得，但是孩子请相信，当你一往无前地穿过那些成长里的暴风雨之后，你就不再是原来那个人了。

接下来，再来聊聊妈妈吧。

其实，对妈妈来说，这段日子的心态也是变化很大的。记得曾有人说，所谓成熟，恰恰就是这么回事，就是我们同孤独抗争，受伤、失去，那些可能让你痛不欲生的事情随时都可能发生，但是我们却又要擦干眼泪忍着痛继续走下去。

因为一场突如其来的意外，妈妈生命中最重要的那个人，妈妈的爸爸，你的姥爷，在一场车祸中骤然离世。车祸发生时，没有亲人陪在姥爷身旁，甚至没人看到姥爷临终前的眼神和表情。

妈妈连夜千里赶回河南奔丧，跪倒在姥爷的灵柩前失声痛哭，不能自已，那个不但给了妈妈生命，还影响了妈妈一生的人，永远地离开了，妈妈根本无法接受这突如其来的打击。感觉心里的天一下子塌了很大一块，亲情再也无法完整的悲伤铺天盖地而来。再也无从寻找的亲情和无法弥补的遗憾将伴随妈妈的后半生，就像圆满的幸福突然被硬生生凿开了一个洞，冷风从四周灌进来，直达心底的冰凉，任什么都填补不了。

　　因为姥爷的去世属于交通意外，需要在交警大队事故科走完流程处理，才能将姥爷安葬。那段难过到将要崩溃的日子，妈妈一边每天疲于奔波做各方沟通、签字，一边挂念和担心着因为受不了打击病倒在床的姥姥，以及一直被隐瞒、根本不敢告诉她这个事情的、快九十岁的太姥姥。

　　妈妈每天都觉得自己坚持不下去了，却每天又硬扛着准时出现在交警队的办公室里。接受一次次询问，填写一份份表格，咨询一个个人，已经离开家乡十几年的妈妈只能到处去问，去打听要怎么才能最快结案。因为妈妈知道，那还不是悲伤的时候，姥姥还在家里等着消息，等着什么时候才能让姥爷入土为安。

　　还记得，那一晚，奔走了一天筋疲力尽的妈妈一个人偷偷躲在姥姥家楼下的公园里大声痛哭时，你打电话过来。原来，你周末回到家，从奶奶口中得知了家里的事情。你轻声地问我："妈妈，你还好吗，是不是我以后再也见不到姥爷了，你为什么不让我一起回老家？"

　　妈妈那一刻难过到不知如何回答你，泪眼蒙眬里觉得这个世界好残忍。它逼着我们面对生离和死别，逼着我们看到生命最脆弱的一面，逼着父母告诉孩子，我们终将失去最爱自己和自己最爱的人。

妈妈哽咽着告诉你，姥爷永远地离开了我们，爸爸妈妈担心你见到会害怕，再加上事情发生得太突然，就没有让你和我们一起回来。

送走姥爷的那几个月，妈妈无数次在梦中哭醒。原来，有些伤痛，最难熬的不是发生的那一刻，而是之后想起来的每一刻，在回忆和自责的纠缠里，痛不欲生无法自拔。

姥爷的离开，带给了妈妈无尽的悲伤、难过和思念，可妈妈却也只能强忍悲痛向前看。因为妈妈知道，生活还要继续，妈妈还要照顾姥姥和太姥姥，姥爷这些未能完成的事情，妈妈需要接过来，继续做下去，这样在天堂的姥爷才能放心。

孩子，妈妈之所以现在再次鼓起勇气、将好不容易掩饰住的伤口再次撕开给你看，不是要你现在就去面对世事无常的残忍，而是希望你能早一点明白：在我们不长不短的生命里，那些我们在乎的人，那些我们渴求的爱，即使有一千个不舍得，一万个不愿意，他们都不会因为我们的不舍和不愿，而能永远存在，他们终将离开。

就像姥爷离开妈妈一样，在将来的某一天，爸爸妈妈也会离开你，留给你永远的回忆和思念。

因为，生有尽，爱有终。

但是孩子，正如一本书中所说的："如果你一直逃避面对生老病死这件事，那你将永远不会幸福，因为人终究是要老去的。当你不再恐惧死，你也就学会了怎么活。"

妈妈用了很长的时间才明白书中说的道理：我们应该有勇气接受漫长人生给我们的所有感情——对美好的眷恋，对亲人的悲伤，甚至是疾病和意外带给我们的恐惧和痛苦。如果我们选择逃避这些感情，不让自己去感受，去经历，我们将永远无法超脱出来，因为我们始终心存恐惧，害怕由此产生的感情伤害。只有当我们不再拒绝恐惧，而把它当作一件常穿的衬衫穿上，我们才有勇气对自己说，这是恐惧，不是永远，我会接受它，直面它。

电影《寻梦环游记》中有一句台词："死亡不是真正的逝去，遗忘才是永恒的消亡。"所以只要我们在心里不忘记那些逝去的亲人，他们的爱就会一直陪伴着我们。

孩子，我们终其一生可能要经常面对各种转身擦肩和天各一方的分离，甚至是阴阳相隔的永别。这个话题，我第一次用这样的方式和你提及，是因为突然降临的悲伤，让妈妈深刻意识到，拂去外表的尘埃，我们才能看到生活的真谛。如果我们能早一点懂得珍惜彼此，懂得爱和包容，懂得陪伴和宽恕，是不是失去的时候，遗憾就不再是那么深，那么痛？

张枣曾有一句著名的诗："只要想起一生中后悔的事，梅花便落满了南山。"而我，希望你能早一点明白一些事情，懂得一些道理，无论那经历是快乐的，还是悲伤的，都是我们生活的一部分。这样，即使我们的爱无法护你一生周全，最起码将来的你可以少一点后悔，多一份坦然。

孩子，不论你长到多大的年纪，我们都一如既往地希望时间告诉你答案，你可以自己去体会成长的各种滋味。而我们对你的深爱将永远如长风，终生吹向你，带着穿过大海和绕过高山的力量，你在哪里，终点就在哪里。

我心里的那个少年啊，愿你万事顺遂，平安长大。

第
十
四
封

距离

朱若渔同学：

见信好啊！

大暑时节已过，午后的阳光很刺眼，隔着窗帘都透出让人无法直视的光亮来。这一刻，你在窗下的书桌前写作业。我在不远处写这些文字给你，你没发觉。

其实这封信，在疫情得到缓解的 5 月送你返校上课的时候，就很想动笔了。曾一直认为理所当然的庸常生活，在经历了一场平地波澜之后，解禁的感觉就像刚结束一场惊心动魄的战斗。

再一次自如走回阳光下，微风中，人群里，顿时有满腹的话想和你说。

昨天看到一句很有感触的话：一起走过了这段时光，我们应该算是患难与共过了吧？

我无法猜测这段多舛波折的日子对你来说和以往有何

不同，那个漫长的、憋闷在家的寒假，又会给你留下什么记忆，我更无从得知。单纯又简单的你可能更无法理解，为什么在这场战役里，有人选择了付出，有人选择了自保，有人选择了工作，有人选择了家庭，甚至有人选择了生，而有人直面了死。

电影《流浪地球》开头说："起初，没有人在意这场灾难，这不是类似于一场山火，一次旱灾、一个物种的灭绝，一座城市的消失，直到这场灾难变得和每个人都息息相关。"毕竟，当时没有人知道，前方在埋着一个怎样的伏笔。

还记得你写的那篇新冠日记吗？你说明明准备欢天喜地热闹过大年，一切却突然像被按下了暂停键，周围安静得像没有了声音一样。你还说，感谢那些逆行的背影，让我们得以安全地待在家中。

是啊，这突如其来的变故，让我们深刻体会：未知的世界里，我们无法避免灾难的突然降临，平凡的日子，我们也永远无法预测明天会发生什么。我们能做的，除了珍惜眼前的一切，感受困境里的人与人彼此付出的温暖，还有等，耐心地等。

等一切结束，等诸事安稳，等风平浪静。

孩子，如果可以选择，相信无人会希望疾病灾难发生，因为太多人的生活因为这突如其来的病毒而变得苦涩不堪，更有人因此永远失去了挚爱的亲人，所以我们永远不会感谢疫情。可是我却无比感激在转瞬即逝的时光里，能有这样一段和你共处的日子。

很难得，在这样一段特殊日子里，妈妈和你，可以像你儿时一样朝夕相处。因为整个学期你都要在家里上网课，我毫不犹豫地停止了工作，开始迁就你的作息，为你打理一日三餐。日日不厌其烦地对你耳提面命，叮嘱你的作业、学习、打卡，为你的点滴进步欣慰不已，也为你的懒散懈怠火冒三丈，甚至被你气到飙泪。

我曾毫不夸张地自嘲，是这场无形的病毒给了我机会，短短几个月内，我就无师自通地活成了自己想象中的家庭主妇模样。

可惜，我们的相处并不尽是愉快。在一次和你激烈的争吵过后，我忍不住反思，是什么让我们的相处变得稍有不慎就剑拔弩张，我们之间的相处从什么时候开始变得如此影响彼此情绪？难道真的如玩笑所说的那样：这个世界最遥远的距离，不是天涯海角，而是我在你身边，你却避之不及？

　　妈妈特意去找了一些心理学方面的书来看。原来，正处在青春期的你，随着心理和生理发生的变化，以及智力上提升面临的挑战，内心对自由的渴望会愈发强烈，但心智尚不成熟的现实却又使得你做事缺乏专注，自我控制力差，情绪化严重，这样的矛盾导致你一边拼命地想要挣脱父母的束缚，一边却又无比渴望得到周围人的关注。

　　而妈妈一开始并没有及时关注到你的这些变化，仍然把你当小孩子，时时事事都想帮你做主。觉得你还小，自律性差，离不开妈妈的照顾和监督。尤其是上网课时，电子产品里网络和游戏的诱惑，使得你经常忍不住和同学偷偷离开课堂去玩一会儿，而对你成绩的过度关注，也使得妈妈根本无法容忍你的走神。每到此时，妈妈情绪就会崩盘，"河东狮吼"瞬间上线。

　　你不止一次地生气喊叫，说妈妈根本不理解你，而妈妈，暴怒之后，又觉得自己无比委屈。停摆自己的工作来照顾你，难道只能换来争吵和压抑的情绪？

　　原来，即使是血浓于水的亲情，人和人之间距离的远近，也不光存在于空间，更存在于对彼此的理解和包容上。

在接下来的共处里，妈妈开始尝试将紧盯的视线从你身上移开，转而去关注自己的事情。即使看到你又在懒散和懈怠地上课时，也忍住想要说教和批评的冲动告诉自己：别唠叨，提醒就好，给他一些空间自己做主。

孩子，妈妈一直信奉能带来安全感的工作，在面对照顾你生活起居的需要时，原本是向左还是向右的选择，自动变成了只有唯一答案的决定。如果不是现实面前的答案，我原本以为我会纠结、难以取舍，可是，我丝毫没有，仿佛根本不用考虑选择哪一个。大概是源于你越长大我越清楚地知道，以后这样寸步不离地被你需要、依靠、在一起生活的日子真的是少之又少了。

毋庸置疑，有生之年万事之间，我都会以你为先。可惜，你疾风成长的脚步仍然不会给我太多机会和时间再像小时候那样靠近你。

以后，纵然我想，你也不一定肯了，对吧？

十多年来，我坚持让自己由着写信这个契机，静下心回望你的这一年，也在这些回忆和总结里反思自己初次为人母的得体和缺失。

所幸，无论我做得多么好或者不好，你都在溜走的光阴里不断成长，我也在注视你的目光中日益成熟。

孩子，过去的日子里，你和我们一样过得都有点波澜起伏。学习成绩的摇摆不定，青春期的变化和躁动，疫情在家的朝夕相处的矛盾摩擦，充斥了这一年大部分的日子。偶尔看到你眼神里的固执和沉默，以及对被说教时的不耐和闪躲，我不由得会想，当年我如你一般年岁时，是不是也如此，也这么矛盾和执拗？会不由分说地拒绝甚至顶撞，会做看似很幼稚的事情，会沉浸在自己的世界里，会觉得自己总是被约束，会埋怨为什么大人们都这么不理解自己，明明他们也是从孩子走过来的……

孩子，可能要很多年以后，你们才能理解无数个同款诚惶诚恐的父母，在面对青春张扬的你们时矛盾又纠结的心情。

因为，这个世界有一种专门折腾亲子关系的怪物，叫作长大。

从操心你的身高体重，到担忧你的生活学习，从期待你快点长大懂事，到巴望着你再无忧无虑过几年。左心房希望你平安成长健康无虞，右心房又盼望你懂事优秀学业有成；左心室想你有轻松愉悦的心情，右心室却又担心你不够努力而落于人后。是的，他们就是如此无奈、拧巴又一根筋。多少次被叛逆的你气到晕头转向、随时扑地翻滚十八圈自虐，甚至老母亲的中年热泪流两行，可平息过后，擦干眼泪心神所牵的，没有其他，还都是你。

这，就是父母，人前为你一身勇，人后藏着一身尿，那个整天又勇又尿的中年人。

是，纵然明知哪怕我们倾尽所有，也无法预知你将来顺不顺利、坎不坎坷、辛不辛苦，更不是学业足够优秀，就能保证你有可期的前程和稳定的幸福。可是孩子，父母之所以明知未知而投入，就是源于心里担忧未来有太多变故，而不愿意现在放弃任何一丝让你变更好的可能，更不过是期许若干年后，你后半生能活得多一份自如、多一些选择而已。

你知道吗？这一年我和爸爸谈起你说得最多的一个字就是：等。等你再长大点，等你再懂事点。毕竟，这些深刻道理我当年也不明白，只是等我彻底明白了，有些爱却已经不在了。

孩子，人都是慢慢长大的，而道理，却是我们出生那天就存在了，所以，才有那么多的来不及和留遗憾。

孩子，其实每周送你回校时看着你头也不回地走远，我都心情复杂地感同身受一句话：所谓父母，就是那些不断对着背影既欣喜又悲伤，想追回拥抱又不敢声张的人。诚如一句老话："心之所忧处，才是爱之所达地。"这些，你总有一天会懂得的。

孩子，面对即将到来的更紧张的学习安排和依旧节奏慢悠悠的你，我和爸爸在经历这一年之后相对淡定了一些。毕竟如果一定要挨过这几年你的心智才能更成熟，我们能做的也只剩下看着你，在背后提醒你，在你需要的时候，在你视线所及的范围之内，在你遇到困难的时候，使你不必惊慌失措，眼里、心中有人可依。

相信下次再给你写信的时候，你的中考已经结束放榜。至于收获如何，是否实现了自己的目标，对这三年的初中生活是否有泪水和不舍，我眼前不得而知，心中却无比期待。

万言难抒深意，就此止笔。

小朱同学，无论什么样子的你，我们爱你的心，从来没变过。

第十五封

考试

亲爱的小朱同学：

今天，是一年一度的端午节。

作为你初中生涯的最后一个假期，午后，我和爸爸特意驱车送你返校。凝视着你如往常一样转身走向校园的背影，想到几天后即将到来的中考，妈妈不由得陷入沉思。

回到家后的我，最终决定安静坐下来，用以往熟悉的方式和你聊聊。以妈妈的身份，也以一个过来人的身份。

在妈妈的陪伴下，你告别了儿童节，迈入了人生的另一个阶段。现在你马上要迎来人生中的第一个重要的关口——中考。

我也曾不止一次想过，中考，对你来说，意味着什么？

说起来，妈妈参加中考已经是差不多快 30 年前的事了。妈妈当年也是和你差不多的年龄，只是远不及你现在丰富的物质条件，而且还发生了一件惊险又好笑的事情。

那时候中考的时间，恰巧也是农村的夏收季节。记得去几十里外的乡镇备考的前一天晚上，入睡前我照例给姥姥姥爷做好了第二天的早饭，放在锅里温着。因为他们天不亮就要下地去抢收庄稼，这样回来就可以有饭吃。

可惜，我离开厨房以后，灶膛里的一根燃着的柴火掉了出来，慢慢点燃了灶前的柴堆，继而火势在厨房蔓延开来。万幸的是那晚下起了雷雨，隔壁邻居起来收衣服时发现了漫天的火光，急忙喊醒了周围的人，在大家的帮助下这才及时扑灭了大火。

第二天一大早，姥爷看着被烧到屋顶完全塌下来的厨房，并没有责怪我，反而开玩笑地说："大难之后有大福，昨晚火成这样，明天你肯定能考好。"最终，我以全校第一名的成绩考上市里的重点高中。按姥爷的话说，房子没白烧。

孩子，我想你也知道中考很重要，因为它是你成长过程中的必经之路。所以无论是学校还是父母，焦灼的担心都让这次考试增加了许多紧张的气氛。但是，你也要明白，中考归根结底是你自己的事，不是其他任何人的事，我们再怎么担心着急，你的未来都只能是你自己去面对。

孩子，妈妈曾不止一次揣摩过你们这个年龄段孩子的心思。从小学到初中的这几年，你和你的同学，大都还不太能明白如此单纯读书、奔前程的日子多难得，所以偶尔会心生抗拒和叛逆，你们可能会怀疑父母眼中只有成绩和分数，对你们的爱似乎附加了太多其他的东西，不再那么纯粹和无私。

而我们做父母的，多年摸爬滚打的生活阅历，早已理解青春的难得和学习的重要。虽有意说教，但着实有心无力，只能耐下心来说服自己，慢慢陪着你们，静等你们长大。

你暂时还无法体会，作为父母，眼见你在这可以全力以赴追逐梦想的大好时光里，竟不知青春年华是多么宝贵，我们真的不舍得看着你错过。总希望你未来不但有仰望星空的勇气，也有脚踏实地的底气。在将来的无数个夜晚，手伸向天空时，虽不一定能摘到星星，但双手一定不会泥泞。

初中的这三年，你在懵懂的青春里，走得跌跌撞撞步履慌张；父母，在奔波忙碌的中年人群中，跟得战战兢兢如履薄冰。

两代人，一样的不确定，一样的没把握，但一样的没放弃。多好啊！

不得不说，这样一路走来的三年，对你和我们来说，着实都是一种大丰收，也蕴含了太多超越成绩本身的东西。你的成长和成熟、父母的参与和陪伴，都是永远再无法重来一次的珍贵，也是彼此余生最难忘的记忆。

孩子，这段日子，不止一次地看到你故作轻松的语气里有掩饰不住的忐忑和紧张。我知道你在担心自己考不好，害怕糟糕的成绩，担心自己被高中拒之门外，更害怕面对所有人的失望。

说实话，我比任何人都更加盼望你考试顺利、成绩优异、一路绿灯、所向披靡。但我也深深地知道，每个孩子心智成熟的早晚是不同的，就像树苗之于花朵，花和叶各有自己的周期。所以孩子，如果你一时达不到那样的高度，我希望你能记住妈妈的一句话，而且，是适用于终生的。

那就是：在这个世界上，没有任何一次考试，能决定一个人的一生。中考，不能；高考，也不能。

妈妈给你讲一个发生在妈妈身上的故事吧。

可能在你看来，妈妈现在的状态还算不错，有能够自食其力的工作和乐观向上的心态，对生活充满热爱。其实妈妈当年是不折不扣的高考失利者，这也让妈妈一度消沉不已。曾经在相当长的一段时间里沉浸在失败的打击和自卑的情绪中，甚至羞于在别人面前提及当年的高考和学历。而在最好的青春年华里，没有读过一所名牌大学，也成了妈妈心里终生的遗憾。

幸运的是，妈妈最终接受了那个关键时刻落后了的自己。在步入社会后也经常想起书里说的，用持续不断的学习和坚持，一点一点去弥补当初的遗憾。在数十年的时间里一步一步全力追赶，直到现在。

虽然妈妈至今仍然没有取得世俗意义上的成功，但至少妈妈现在可以自豪地说：我已经挣脱高考带来的暴击和阴影。在妈妈看来，这一局，我和那次失败，起码打了个平手。

孩子，慢慢你就会明白，一次考试，无论多重要、多关键，它都只是一次考试而已。结果可能会影响你当下的选择，但是绝对不会影响你的一生。毕竟，我们的一生要面对无数次大大小小的选择。而在每次选择面前，你或早或晚都有时间和机会去调整、去改变、去柳暗花明，甚至绝处逢生。

还记得爸爸常对你说的一句话吗？我们每个人一辈子不是只有一次机会，要把时间拉长来看，要用广角和长镜头看将来。哪怕我们在某一个选择的节点暂时落后了，也不要妄自菲薄和自暴自弃。因为生命吊诡、可爱的地方就在于，你永远不知道哪一个转弯的路口指引着你想要的未来。

所以很多时候，一个看似糟糕的结果，大概只是在提醒我们先把眼前的脚步放慢，重新审视并调整自己。看清下一步的方向，再全力奔跑。

书上说，人生没有白走的路，每一步都算数。毕竟，只要你不放弃自己，那每一次考试就只是在提醒你：以前，已经翻篇；以后，继续努力。

孩子，若干年后你再回头看，才能明白。中考给予你的，不是一次考试一个分数那么简单。相对于结果的辉煌或者黯淡，去经历这一切的过程，对成长中的你来说，才是更加有意义、更加真实的收获啊！

孩子，我还记得这一段时间，你每次周末回来，都会变着法地提醒我："妈妈，中考完了要好好玩一场。我要去成都，吃火锅，听川剧，看变脸。"我每次都回复你说，可以，但是一切都要等考完再说。

妈妈心中非常理解你这一年的辛苦和压力，也希望你能适当放松一下。你知道吗？有好几次我差点脱口而出答应你："行，我们明天就出发，好好玩几天。"但是，我都冷静地控制自己忍住了。

毕竟，无论是眼前的中考，还是三年后的高考，都不是人生的终点，最多算是更换了一个新的起点而已。在每个不同的人生节点，你可以稍作停顿和休整，但是不能一直放松和懈怠。

妈妈曾在一本书中读到一个概念。那就是：我们每个人的一生都会吃一定量的苦，它既不会凭空消失，也不会无故产生。但是它会从一个阶段转移到下一个阶段，或者从一种形式转化成另一种形式。

而我们的每一次成长，都要经历一次吃苦的过程，从某种意义上讲，那些苦，是让我们成熟的动力。简单地说，就是我们要打得赢怪物，才收得到礼物。而怪物有可能是看起来让人发怵的巨大困难，也有可能是疼痛难忍的病患缠身，甚至有可能只是不想付出辛苦的懒惰念头而已。

有人做过总结说，人的一辈子只有两件事能报复你：一是努力不够的辜负，二是不好好照顾身体留下的后患。而妈妈，真心地希望你二者皆不占其一。

孩子，你要毫不怀疑地相信，你吃过的每一次苦，如同你学过的每一样能力，都会在你将来的某个时刻，派上用场。因为，妈妈也一直是这么相信和坚持的。

孩子，不瞒你说，妈妈曾不止一次地惭愧和自责过。源于妈妈心中那些被期望和不甘裹挟下的暗涌，经常变成焦虑推向你，而你只能被动接受。连某些偶尔冒出的攀比虚荣之心，哪怕曾被刻意压制，却也或多或少把对你的关心增加了几许自私的味道。

《战国策》中说："父母之爱子，则为之计深远。"这大概就是当今中国父母最普遍的、最可叹又可惜的做法：明明在为孩子付出，却因为太着急，没发现用的竟然是连自己都不喜欢的方式。

孩子，我不想强词夺理说我是为你好，更不想辩解说你要理解妈妈的一片苦心。如果可以，我只想请你能体谅：父母爱你的方式可能真的不够完美，甚至无意中伤害到了你，但是那颗爱你的心，必是竭尽所能，毫无保留。只要你要，只要我有。

至于那些在世俗意义面前的期望与不甘，和作为一个独立个体的你相比，根本不值一提。

一切，不及你重要。因为，所有这一切存在的前提是你。

孩子，无人有未卜先知的能力，故而无人可知你的未来会怎样，只能靠你自己一步一步走过去看。但是你不用担心，无论前面是繁花似锦还是布满坎坷，父母都愿意做那个陪你看风景的人，一路与你同行，更为你加油。

放心吧，父母安稳妥帖的爱，会是你一生坚强的后盾，也是你心安的托底。无论何时只要你回头，就能看到我们在你身后，只要你需要，我们随时伸出手。

孩子，去吧，尽情去挥洒吧。放下包袱，不问结果，拼尽全力，不留遗憾。用最张扬的姿态和最圆满的结果去拥抱属于你的青春和汗水，成功和欣喜，感动和收获吧。

为你加油！等你凯旋！

第十六封

接受

小朱同学：

见信好啊！妈妈在这里祝你每一天都平安顺遂！

看着你慢慢长大，慢慢开始拥有自己独立的精神世界，我不禁思考你现在的样子与我曾想象过的你的长大有什么不同。比如，是不是心智更成熟，容貌有没有大的变化，是否实现了自己的梦想，考入理想的高中，面对新的起点，对未来的自己有何种期待。

真到了这一天，我才发现，所有的想象都不及真实的感触来得强烈。妈妈很庆幸还可以用这样一种方式，陪你回味和记录这一年的光阴。

回望过去那段时光，冲刺和迎接中考，无疑是不能错开的话题。它像一本书，将你的童年翻过去，又带来新的内容。

考试成绩放榜的那一刻，你看到了自己最想要的结果。

一个超出预期的分数，是对你这一路努力坚持的最好回答。你如释重负，兴奋不已，我们也为你开心。

毕竟，得偿所愿是一件很美好的事情，更何况，还是辛苦付出后的圆满。祝福你，若渔，用自己的努力迈过了这个小小的坎，也给自己的初中生涯画上一个完美的句号。

这一刻，妈妈想和你聊聊中考，聊聊分数之外的那些感受。

·一张考试卷

电影《人类之子》中曾说："其实我们生活中的每一件事，都是信念与机遇的奇妙战争。"

中考前，一定不会有人想到，这是一场对很多孩子来说，注定充满遗憾的考试。数学题目因为难度太大，很多同学没有完成答题。以至于不少人，满含着眼泪走出了考场。

你打电话来说："妈妈，时间不够，我没做完后面的大题。"我回你："妈妈相信你的实力，如果还有时间你肯定能完成的。考过的就不要想了，考一门忘一门，后面会越来越好的。"

放下电话，我若有所思地发呆，不期然地，我想到了前几天看到的一段文字：哪怕再重要的考试，再难的题，对有些人而言，都并不一定在于最后一道。

这一刻，突然就明白了话里未尽的含义。

因为说不定，你还没来得及走到最后一关，就已铃响结束。也可能从头到尾你只是一个参与者，而不是决策者，最终答案根本不在你的认知范围内。

是的，结果和你有关，但却不全受你掌控。

我在考场外，无法感同身受你们在那一刻的心路历程。也猜测不出这次最难的考试会在你们的记忆里停留多久，或者对你们产生什么样的影响。

毕竟，这终归只是一次考试，交卷后，就停笔无悔了。但是如果有可能，我愿意和你们一起领悟一点试卷之外的东西。

原来，我们真的会猝不及防地遇到一些事，它轻易地就打翻了所有看似万全的准备，突然降临，让所有人措手不及。

原来，最大的困难并不像电影里说的那样，是出现在最后，也可能是无处不在、随时出现的。

原来，那些个性另类的事情和中规中矩的平凡一样，也有它存在的土壤。

原来，概率再低的事情，都有可能发生在自己身上。

而我们，除了接受和面对，再无其他可做。因为，时间只负责让一切发生，不负责给我们一个合理的解释。

不过，如果一张薄薄的试卷，除了分数，还能让我们收获一点和成长有关的东西，也算是对遗憾的特殊补偿吧。

·一份成绩单

作家雨果曾经说过："机器不会有多余的零件，它总是需要多少就有多少。所以，如果世界是个大机器，我不可能是多余的。"

你知道吗？中考前，我在和其他家长讨论时，说过最多的一句话就是：所有的孩子都是好孩子，考出来的成绩都是好成绩。

毕竟，年龄尚小的你们，在被封闭的环境里，承受着疫情压力之下的中考，真的太不容易了。

可能这道坎，着实让阅历不足的你们跨越得很辛苦，甚至是在咬牙坚持。所以，你们应该为自己的不放弃而骄傲，而所有的父母，也都为你们的拼尽全力而欣慰不已。

至于父母脸上那些无法掩饰的担心和焦虑，莫不如说其实是在害怕，怕看到你们付出努力后失望的眼神，怕自己无法给到你们力所能及的帮助，更怕自己做得不够好。

放心吧，在父母的心中，你们的成绩，就是最好的分数。无论你们是一举高中，还是暂时落后。在这个不寻常的6月，你们都已经在自己的第一场人生独舞里，拉开了最精美的序幕。

人说，听闻"少年"二字，应与"平庸"相斥。

全力向前奔跑的你们，皆是。

记得中考前，我在写给你的祝福信中曾说："你已经告别了儿童节，迈入了人生的另一个阶段，迎来人生中的第一个重要的关口。"在这个关口，你需要勇敢地作出选择。

你迎来了人生的第一次重要选择。

将来的某一天，你会明白妈妈这句话背后的意思。

人生，是由无数个选择组成的，而你的人生，才刚刚开始。

用一句当下很流行的话说，大幕拉开，乾坤未定，所有人，皆是黑马。

·一纸通知书

孩子，在你的生命里，无疑会有很多很多个夏天。但是却再不会有一个，像中考那年这样，带给你压力，带给你喜悦，又让你觉得遗憾。

结束，是为了更好地开始。毕业，代表的只是距离走得更远，而非改变其他。为了站在更高一层的台阶上，用更深的知识去丈量更远的距离，也是为了用更高的眼光，去打量更大的世界。

有的老师常说，作业没带，就等于没写。以此类推，那些没经历过的，都不算了解。

以后你就会慢慢懂得，我们将不断向过去告别，再不断与未知相见。我们经历的每个人、每件事、每一次喜悦与伤痛，每一分努力和拥有，都是成就我们未来的一部分。

而那些半途涌现的遗憾和无可奈何的错失，会在将来某个注定的时间点让你明白：地球是圆的，我们当时以为的看似无路可走的尽头，其实不过是转了个弯而已。

孩子，土耳其有一句谚语说：上帝为那些可能不那么出类拔萃的鸟儿，都准备了一根低矮点儿的树枝。

所以，妈妈真心地希望你勇敢地做自己，在接下来的高中生活里，甩开臂膀按照自己的步伐，大步向前走。逢山开路，遇水搭桥，心里什么都不怕，手上什么都接得住，不露怯，更不后悔。

你要毫不怀疑地相信，你只是你自己，那些你想要的，一定会在前方，压轴出场。

·一个小台阶

若渔，恭喜你，通过自己的努力，取得了超出预期的成绩。

犹记得中考成绩公布那天，查询系统网络因为瞬间的人数剧增，几近瘫痪。妈妈虽在第一时间登录了进去，可惜尝试了数次都无果。正在球馆里打羽毛球的你，电话里听说我查询不到，便让我退出你自己来查。

几分钟后，你平静地打电话告诉我说，分数比预期高了30来分。

我开心地向你表示祝贺，你依旧很冷静，声音里听不出情绪有太多波澜，只是简单地说了句："谢谢妈妈。"然后又继续去打球了。

真的为你开心，你用自己的坚持和付出，为你的初中生涯画上了一个圆满的句号，也为新的开始，踏上了一个坚实的台阶。

　　每一次给你写信，开始的时候都觉得无话可说，结束时，又觉得还有很多话没说完。虽明知一封信根本写不尽你的成长，但是仍觉幸运，能在你人生中重要的几个时刻，和你说说心里的话。

　　坚持这么多年，不过只是想让你感受我们所有人的爱。那份可能不够完美，不够周全，但却是我们一直在努力学习着如何表达的爱。

　　孩子，再次祝你万事顺遂，健康平安！

第十七封

启程

若渔同学：

展信开颜！

此刻，室外的酷热高达 40℃，我坐在图书馆安静的角落里给你写信，而你正在几百米外的羽毛球馆里挥汗如雨。相信闷热的馆内温度不会低于 50℃，若非是真的喜欢，你应该更愿意待在空调房里，吃着雪糕刷手机乐得哈哈大笑吧。

是的，将来你会明白，无论对人，还是对事，我们都愿意无条件地为自己的喜欢买单。诸如，我喜欢用文字为你这一年留下回忆，你则喜欢挥拍带来的愉悦。

喜欢，这两个字，无论何时都很珍贵，也很重要。

时间过得真快啊，你在妈妈的陪伴下不断长大，已经是一个成熟的孩子了。

你们这一代孩子很幸运，出生在和平时期，可以夏吹空调冬穿袄，在绝大部分的时间里，做你该做的事情，听喜欢的音乐，吃喜欢的美食，看喜欢的动漫，在关爱和呵护里长大。

总的来说，第一年的高中生活，其实你过得并不算顺利，从小就对新事物适应得有点迟缓的你，虽然已经很努力去迎合一个高中生应有的生活节奏，但是不得不说，并没有达到预期的效果，所以你有点苦恼，爸爸妈妈也有点急躁。

皆因，爸爸妈妈都未能免俗地内卷。即使偶尔想过要尝试去抗争一下，放眼望去的紧张气氛，却又使得我们不得不低眉顺从。

黑塞在《德米安》中曾说："在我们是孩子的时候，我们都记得自己的情感，但是长大了之后，我们只剩下思想。"结果就是，我们以为具备了思想，以为自己成熟了，但是我们也彻底地遗忘了自己过去的情感。于是，父母和孩子之间，变得彼此不理解。父母不理解孩子的需求，孩子不明白父母的苦心。

一如这段日子里，我和爸爸每一天对你学业的纠结和担心，从小学到初中，再到高中，哪怕爸爸读过很多书，懂得那么多道理，哪怕妈妈一直告诉自己，别担心，上帝为每个不够聪明的孩子都准备了一根低矮的树枝，哪怕明明知道你的人生才刚刚开始，未来有无限可能。

可是，我们仍然一度因为你的适应节奏慢，而造成了亲子关系有些紧张。我有过歇斯底里的喊叫，你有过愤怒不已的摔门，仿佛我们都那么不喜欢对方。

太着急的我们终是忘记了一句意味深长的话：时间到了，该懂的事情你一件也不会少懂。

好在，爸爸妈妈意识到了自己的问题，及时作出调整，我们将重心转移到自己的情绪管理上来，学着一点点稀释心中的焦虑感，尽量控制住自己不被大环境的节奏影响。虽然现在我们仍为你的学习而感到患得患失，仍在你的背后偷偷念叨暗自着急，但是却不似往日那般焦虑，对你也多了一些耐心和体谅。

不过，前几天一封你写给老师的信，还是让我意识到因为我简单粗暴的方法而让你对学习成绩这件事，产生了一些认知上的偏差。

上个月，曾经教过你的数学老师因为交通事故住进了医院，我在打电话问候老师的时候，意外得知你竟然也给老师写了一封信，表示自己的关心和问候。你在信中说，得知老师受伤你感到伤心和惋惜，虽然你当初因为成绩差经常被老师批评，甚至可能是个别老师眼中将来没出息的学生，但你仍然无比感激老师的教导，对老师充满爱戴和尊敬。

看着老师发过来的那封信的照片，熟悉的字体让妈妈鼻子有点酸，是内疚，也是欣慰。内疚是源于我对你学习上的督促和要求，让你觉得自己成绩不好，就可能一切都不好。欣慰的是虽然你曾经因为老师不让你参加学校活动表演而觉得老师不通情理，但是仍在老师受伤后第一时间表达关心和安慰。

你的这封信，让妈妈开始认真反思自己的教育方式。因为妈妈内心深处的自卑和紧张，导致对你在学习上的引导偏离了读书的初衷，让你的自信心大打折扣，甚至开始否定和怀疑自己。你的大度和善良又让我备感欣慰，感谢老师让你受到了良好的教育，你能够从心底里懂得感恩，也始终心有他人。

孩子，我很抱歉。

我一直以为自己可以不把对未来的焦虑传达给你，可以抵挡得住那些内卷下的起伏情绪，可以心平气和面对你的成长和成绩。现在看来，妈妈还是高估了自己，也低估了自己的教育方式对你产生的影响。

不由得想起开学不久，你因为不适应高中的节奏，在电话里哽咽着问我："妈妈，学习成绩不那么优异的孩子，就真的不是个好学生了吗？"

说实话，我已经回忆不起当时是如何安慰你的，只隐约记得我告诉你说，只要你觉得自己已经尽力了就好，你是你自己，不是别人。

今天，我想再一次正式地和你聊聊这个话题。因为那天过后，你的这句话经常在我耳边响起，一次次引起我的深思。

孩子，首先我想说，好的教育资源和其他社会资源一样，都是有限的，但是所有人对美好事物的天然向往也是一样的，是有趋同性的。所以，竞争是势在必然的。

竞争，虽然无法避免，但竞争也不全然是坏事。毕竟，就现阶段来看，在这场庞大而激烈的竞争中，应试成绩的确是目前看起来相对最直观、最有效也最公平的判断标准。教育内卷的根源正是由分数决定高中和大学，而不是其他能力。

　　但是，孩子，你要相信，成绩不够好，并不代表你不是个好学生。因为一个人要汲取的知识，不光是书本上和考卷上的内容，还包括健康的身体和心理，正确的三观，和谐的师长同学关系，甚至有益的生活习惯。

　　分数，不代表一切；一切，也不都是分数。

　　同时，妈妈还想告诉你，我们生活的这个空间，有很多约定俗成的规则存在。虽然它们可能看不到、摸不着，但并不影响它们像不成文的约定，若明若暗地引导着我们的处事法则。

　　尤其当这些规则，因为外在竞争的加剧而发生某些偏离以后，很容易导致现实里的一些评判声音，对你、我、他这样的普通人并不尽是友好。

　　比如，判断一个男士的成功，不再是看他是否为坚持自己的梦想而持续付出，不再看他是否努力而认真地活着，也不关注他是否作出诸多社会贡献，而是看他赚了多少钱，买了多少别墅和豪车，坐到了多高的职位，能一呼百应多少人。

　　比如，判断一个女士美丽的标准，不再是去看她的内在心灵和健康笑容，更不看她的付出带来的价值，而是看她身条瘦不瘦，穿的是不是名牌，享用是不是奢华，甚至衣着是不是出位。

再比如，判断一个人的幸福感，不再看他是否满足于当下并真正享受生活，而是看他的职业是不是辛苦，收入是不是富足，有没有富贵滔天的朋友，是不是每天都悠闲舒服。

还比如，判断一个乖巧又上进的好孩子标准，也不再是健康的身体和心理，正确的三观和格局，而更多的是分数和成绩，名次和学校。

妈妈也曾不止一次和爸爸讨论说，大概没有人解释得清，为什么明明这个世界的包容度越来越高，反而我们看待某些事情的角度却越来越偏，越来越窄。

孩子，妈妈是想说，无论全民都在"鸡娃"这件事，是关心则乱，还是中国式父母独有的焦虑，这些都是真实存在的，而且可能还要存在很长一段时间。

因为，世俗的规则，往往是最难打破的。

当然，妈妈并不是想要你去绝对地顺从又或者叛逆地去对抗，而是希望你通过这些现实，能早一点或者多一点理解那些分数的意义，哪怕无关世俗的标准，在心里你会更容易接受这件事，从而努力让自己变得再好一些，站得再高一些。

毕竟，站得高看得远时，不光视野更开阔，对规则的理解也会更加通透和深刻。

唯有如此，哪怕我们竭尽全力，却终其一生都只能做个普通人，最起码我们有充分的心理准备，去接受那些迎面而来的不太友善的眼神和声音，从而尽量让自己觉得没有被苛责。

孩子，我们并不想对你的成长有过多的指手画脚。因为你正以日渐可见的变化，让我们感受到你在越来越学着体谅家人，学着懂事和进步，学着灵活处理和自己有关的事情。

而这些，都是令人欣慰的成长。

如果一定要嘱咐你点儿什么，我们只希望你能学习再主动一些，锻炼再坚持一些，情绪再稳定一些，身高再增长一些。总之，像一个普通的青春期的孩子那样，有欢笑，有泪水，有压力，也有动力，甚至还有和周围同龄人的打闹和磕碰。这样很多年后，你才不会觉得青春的岁月过得太单调，才值得你终生念及。

我们爱你，始终如一。

第十八封

遗憾

若渔同学：

见信好！

就在写这封信的几分钟前，班主任老师在班级家长群里发布了一份最新的作息时间表。学校宣布从今天开始，高二年级开始执行和高三年级相同的作息和学习时间。

一石激起千层浪。平时沉寂无比的家长群，因为这个消息立刻变得热闹起来。

绝大部分的爸爸妈妈们都是竖大拇指点赞，觉得高中冲刺阶段就要提前进入状态。但是也有一个妈妈心疼地表示，每天不足 7 个小时的睡眠，对青春期的你们来说，不见得是好事。

是啊，这着实是个两难的选择，像硬币的正反面。

妈妈没有参与讨论，并不是不关心这件事，而是心里在想另外一个问题：作为父母我们自己努力，和我们希望你们努力，意义到底是什么？只是为了能少一些遗憾吗？

不得不承认，随着你越长大，妈妈心里的惶恐感就越深。一种害怕因为自己的教育方式不得当，使得对你的引导出现了偏差的担忧总是伴随着我。虽然明知初次为人父母肯定会有考虑不周之处，但是仍暗暗希望，没有给你带来伴随一生的不足。

曾经有很长一段时间，长到甚至你还没出生的时候，妈妈就已经在心中执拗又错误地树起了一个信念：一定不要让我的孩子走我走过的路，不要让他悔不当初，我要给他最好的条件，哪怕逼着他，也要让他读一所好大学，让他的学业没有任何遗憾。这样，他就可以不像他妈妈那样，奋力挣扎数十年，无数次的自我开解之后，仍然在太多时刻觉得自己不够好，经常在别人的肯定面前涌起很强的不配得感。那样深藏心底的自我否定，着实太让人痛苦。

因为妈妈固执地认为，当年自己没能考上一所好大学，没能在一所公办大学里自在地学习和生活，甚至成绩不错也没能拿到一次奖学金，就不算完整地拥有过大学生活，就不是一个合格的大学生。这成了我一生的遗憾，注定了此后数十年我都感觉比同龄人矮一截。因为当年妈妈读的是一所民办大学，以一个高考落榜生的身份，低头走进了一个很多人眼中差等生的学校。

我为此深深自卑过，很多年。

以至于那些自卑和遗憾潜入我的骨髓太深，深到已经使我忘记了：孩子，你是你自己的希望，而我的那些没能实现的梦想，应该与你无关。

作为父母，无论何时我们努力的意义都不应该是向任何人证明什么，或者讨好什么人，更不应该被所谓的虚荣心左右，去苛责孩子完成自己未竟的遗憾，无论孩子是暂时领先还是一直落后，他们都应该是独立的个体。而孩子，你努力的意义更加不应该是因为父母希望你成为他们想象中的样子，像别人家的孩子那样为父母挣足面子，你应该始终成为你自己本该成为的样子，无论是成功还是失败，你都是你自己。

可惜，妈妈这两年才真正从心底里接受这么浅显的道理。

孩子，作为有诸多遗憾在心的过来人，妈妈一次又一次体会到了那种无能为力的酸涩感。在这一点上，妈妈相信你今年有深刻的感受。

因为都喜欢动漫，你和化学老师黄老师成了非常好的朋友，你们相约周末一起去看广州的动漫展，还彼此交换喜欢的手办。数月前的一天，你开心地同我说，黄老师邀请你几个月后参加他的婚礼，作为门童在现场迎宾放礼花。从那天起，参加这场婚礼就成了你经常会提及的重大事情，包括那天穿什么样的衣服，大概几点入场，要怎么迎宾，你都一遍又一遍去网上查资料和找人打听。

婚礼前的那个周末返校，你提前将那件喜庆的暗红色衣服熨烫好，小心翼翼地放在行李箱里带去了学校，特地给尚在加班的爸爸打了电话，借走了爸爸的啫喱发蜡，说那天还要收拾下头发才显得精神。

当天婚礼的下午，就在我思忖着你可能快要出发的前几分钟，接到了黄老师的电话。他带着遗憾和无奈说，鉴于疫情原因，学校不允许任何学生出校，他一再为你请假都被拒绝了。所以，你没办法去参加了。黄老师还说，你下课铃声一响就跑去宿舍换衣服了，还不知道这个消息，他实在不忍心当面告诉你，所以选择给我打电话。

那一瞬间，我脑子里只有一个念头：一无所知还在充满开心和期待的你该有多失望！你要怎么面对这巨大的失落？我是你妈妈，我知道你的心性，你有多单纯，就有多把这件事放在心上。连妈妈都感到满心失落，放在你一个十多岁的孩子身上，这样的急转直下的情绪你怎么消化得了？

我二话不说，抓起车钥匙，直接驱车去学校找你。

直觉告诉我，突然听到这样的结果，你一定非常难过，哪怕妈妈到学校也只能站在大门口外隔着电话安慰你，但是至少你能知道妈妈非常理解你失望的心情，妈妈就在宿舍不远处的门口，距离你很近的地方陪你。这样尽可能靠近的距离，心里满是委屈和失落的你，会不会因此而感受到多一些温暖？

快到学校的时候，我接到你的电话，准确地说，是你失望崩溃到大哭的电话。你边哭边大声说："凭什么？妈妈，我盼了这么久，衣服都换好了，他们才说不让我去，为什么？老师们也都去，难道就因为我是学生，我就不能去吗，这是什么破决定？他们根本不知道自己有多不讲道理！"

我不知道该怎么安慰情绪激动的你，只是轻声地说，妈妈就在学校门口，也完全理解你的心情，知道你现在一定非常失落和难过，如果哭出来能让你好受点，你哭吧。

　　待你的抽噎声越来越低了，情绪平稳了些，我慢慢地说："妈妈知道你心里一定很失望，很难过，甚至对老师很不满，妈妈也觉得这样对你太苛刻，因为你本来可以在现场给黄老师送祝福的。但是反过来说，黄老师又何尝不觉得遗憾，他把人生大事的迎宾礼花这么重要的环节交给了你，现在却只能再临时安排别人。"

　　其实，妈妈不知道这些话你当时能听进去多少又或是理解多少，只是循着心里的感觉告诉你妈妈对遗憾的理解。就像妈妈学业上的不足永远都无法弥补一样，因为时间无法再来一次，也不会把那些不完美的事情再给一次我们选择和决定的机会，所以我们的心里注定会有一个个小小的洞，怎么都填补不了，总在某些特殊的时刻，让我们想起那些不圆满和缺憾。可是，没办法，遗憾就是这样，它到来的时候就是那么不讲道理，我们只能接受它的发生，然后慢慢消化它带给我们的难过。

　　可是，孩子，这就是生活啊，我们做的准备再充分，思虑得再周全，都无法预知未来会发生什么，都无法让所有的棱角都变得圆润。因为，遗憾和不足，就如同美好和惊喜一样，本来就是我们未知生活的一部分。只是这一次，是你十几岁的人生里，头一遭面对，在这样的突如其来面前，毫无防备的你被情绪击打得有些趔趄。

孩子，你可能还记得妈妈曾给你讲过的一个故事，说一颗沙砾偶然掉进了蚌壳里，蚌壳被沙砾硌得非常疼，很难受。于是，蚌使出浑身解数想甩掉沙砾，可惜总也无法成功，于是沙蚌决定接纳并成全它。从那以后，蚌开始不断分泌涎沫去包裹沙砾，润泽它。就这样周而复始，经过无数个日日夜夜，沙砾终于被磨砺成了闪亮的珍珠。

这些遗憾或者不完美的事情，何尝不像意外落在我们身上的沙砾，它轻易地将我们的期盼打落，让我们疼痛或者伤心。孩子，纵然我们可能无法像蚌那样，将所有的意外变为美好，但是我们最起码可以保护自己的心，不让它难过太久，慢慢去接纳那些我们怎么努力都改变不了的结果，慢慢有勇气去面对那些不请自来的打击。甚至我们可以尝试努力让遗憾成为生命中的一粒石子，把一开始踩在脚下的痛化为继续前行的动能，把留在心里的那份残缺，变成永恒的执着。

孩子，在你身上看到的变化，让我感慨，原来每一件我们经历过的事情，都会为我们的心理成熟增加一些高度。

就像上周，你准备了一个多月的学校运动会动漫 cosplay 方阵表演，在演出的前一天突然被临时通知取消。我以为你会失望到大发脾气，甚至想到你可能要生气地请假回家。可是，你没有，你只是在电话里和我说不理解也不满学校做出这样的安排，让你们那么久的排练付诸东流，大家都很失望之类地抱怨了几句，然后就自己转换情绪，计划去其他方阵帮大家拍照。

孩子，妈妈讲述再多的道理，都不及你亲身体会来得深刻。哪怕我万分期待自己有一种超能力，这样就可以尽最大可能降低你人生中那些未知的坎坷和不如意，可惜，那也只能是期待而已。

孩子，你在一点一点体验你的人生，我们在一天一天爱着你。

在不为人知的未来，我们平平安安就好。

第十九封

青春

小朱同学：

展信佳。

如你前几天电话中所说，这个生日可能是你有生以来最特殊的一个了。往年的这个时候，你正悠闲地享受暑假，照例会喊上几个好朋友们一起庆祝。而今年的 8 月，你因为升入高三提前开学，已经回校上课了。

按照约定，我带着蛋糕在学校大门口等你，透过栏杆看到你和同学有说有笑地向我跑来。我将蛋糕递过去，对你说了句："生日快乐！"你满脸是汗地接过，冲我喊了一句："谢谢妈妈。"然后，继续和同学有说有笑地跑回学校了。

这，就是你新一岁开始的样子，在这个夏天热烈的阳光里，也在妈妈看你欣慰又复杂的眼神里。

每次给你写信的时候，妈妈都会忍不住想，如你一样大的年纪时，妈妈是什么样子，在做什么。

每次都会感慨，感觉时光真是不禁过啊，纵然努力深挖记忆，依然大都已经想不起了，哪怕是像十七八岁这样最美的年龄，在妈妈的记忆里也只剩下一些零散的画面。

记得高二那年的一个周日下午，四个星期才能回家一次的妈妈，带着姥姥给妈妈准备的一瓶瓶咸菜，骑着姥爷的那辆除了铃铛不响其他都响的旧自行车回校。乡下距离县城有好几十公里，那天的风好大啊，吹得人眼睛有些睁不开。水泥路还好些，有一段乡村土路，大风卷起的尘土，吹得人满身满脸都是，而且妈妈全程都在吃力地逆着风前行，感觉嗓子眼里都是土的味道。快到学校时，实在太累了，彻底蹬不动了，就停下来推着自行车继续向前走。因为几个小时一直张着嘴呼吸，导致吸进去满肚子空气，结果整个晚自习，妈妈都在不停地打嗝。

那时学校操场的东北角有个小卖部，卖一种叫作"冰砖"的雪糕，米黄色的方块状，像农村盖房子用的红砖形状，一口咬下去很甜，奶味还特别足。对了，还有好吃的"北京方便面"和"南街村方便面"。当时流行的吃法，是把调料包撒在袋子里，隔着袋子把面掰碎，再抓紧袋子口，将面和调料使劲摇晃后，捏一把面放在嘴里，那滋味，真是又脆又可口。妈妈当时曾幻想和小卖部老板攀上点亲戚，说不定他就能将价格定得便宜一些了。

对了，还有一次，英语课上学习那句"不到长城非好汉"。妈妈明明已经背诵得滚瓜烂熟了，可是当老师问谁自愿站起来背给大家听的时候，妈妈在心里鼓了无数次勇气，手心都沁出了汗，可惜，最终都没有勇气站起来。被敏感保护下的自尊心，让妈妈本能地怕自己万一卡壳丢脸，也怕自己的发音不准被同学笑话。20多年过去了，妈妈到现在依然能不假思索脱口而出、流利地背出那句："He who does not reach the Great Wall is not a true man."

你看，当年觉得稀松平常的事，现在回忆起来才发现，原来那些留在我们记忆深处的人和事，无论是美好的，还是遗憾的，甚至是错过的，所有加起来才构成了我们无法重来一次的人生。

因为，我们无法定义当时或者当下某个瞬间的价值，直到它多年后成为回忆。那些回忆时不由自主翘起的嘴角，或者抑制不住的酸涩感，甚至是萦绕一生的悔恨，就是意义。

一如多年后你可能会忽然想起，某一年，你同当时的同学，在宿舍中过了一个特别的生日，你们一起吃蛋糕，吃意面，喝果茶，这也是意义。

在高考前的最后一个暑假，我陪着你去了一趟成都。你说，那个城市里有你想读的大学，你想去看看。那几天，大部分的时间里，白天，我在酒店办公，你自己按照行程去游玩，晚上，我们一起吃晚饭，你会和我说看了什么，觉得这个城市怎么样。

记得那天，我们骑着共享单车出门，你在前面手机导航领路，我全程跟在你身后。炎热的太阳下，我就那样随你迎风穿过成都的大街小巷。看着你奋力蹬车的背影，看着你亮红灯时麻溜地脚尖点地停车，看着你礼貌问路。那些瞬间，都让我第一次觉得，可能你比我想象的更独立，我可以把手撒得更开一些了。

可惜，旅行的最后一天，我们还是发生了一些小摩擦。事情的起因，是我拒绝了为你的第二份动漫手办买单，而你觉得旅行碰到喜欢的东西，不买有点可惜，再加上爷爷奶奶认为日系动漫是对中国年轻人的心理腐蚀之类的大道理，更是让你觉得自己的喜好被贬低，甚至没有得到应有的尊重。

你在微信朋友圈里写了很长一段文字，宣泄着自己不满和不解的情绪。

晚饭时，我心平气和地告诉了你我的理解和看法。我对你说，我永远尊重你的喜欢和爱好，虽然做不到誓死捍卫那么夸张，但是我一直在尝试去了解那些和我的年龄看起来差距很大的文化，哪怕到目前为止我还无法真正欣赏这种文化的美，但是我从不觉得喜欢它是件没有意义的事。

可是，为你的喜好买单我也是有限度的，浅尝辄止完全没问题，这也是我愿意为你购买第一份手办的原因。但我不会为了成全你，而特意投入很多。一是家庭经济实力不允许，二是凡事皆有度，如果你的喜欢真的能维持下去，终究需要你自己有为这份喜欢买单的能力。

你知道吗？也是这件小插曲，让我更加深刻地体会到，你和当时的妈妈一样，这才是这个年龄最真实的样子：一边在拼命地挣脱束缚，想让大人们看到你们能够独立的样子，一边却又在心理上无比在意大人们对你们的看法和判断，敏感的心不愿承受一点的冷落和拒绝。

是的，倔强又敏感，独立又依赖，这就是你们叛逆期的青春。

孩子，如果你足够细心，你会发现今年的生日信里，我一直没怎么提及老生常谈的考试和成绩。

当然不是因为它们不再重要。相反，进入高三了，高考加成人礼的双重加持，让学习这件事变得无比重要和优先。

之所以不提，是因为我和爸爸越来越觉得学习这件事，一定要等你自己的心智开窍并体会到它的重要，你从心底里认可学习这件事最重要，而不是我每天在你耳边唠叨、提醒。爸爸不止一次地对我说，每个人心智成熟的时间不一样，再等一等。看着你的节奏依旧不紧不慢，我们虽然无比羡慕那些早已明白努力意义的孩子，但是却没有任何办法能让你真正明白现在到了多么紧急的时刻，甚至无法让你理解，我们其实心里是多么为你着急。

是的，我们可以为你做很多事，唯独无法代替你成长，我们可以告诉你很多的道理，却无法让你循着这些道理去懂得和成熟。

毕竟，你才是这一切的主体。

还是那句话，时间到了，你该懂的事儿，一件都不会少。只要你没有遗憾就好。

最后，妈妈祝你今后的每一天都过得充实，用一年的辛苦，在明年，收到你理想中的大学通知书，进入你梦寐以求的高等学府。

加油！

成人

若渔：

无论我们是充满期待还是内心拒绝，终于还是到了这一天，你快要 18 岁了，马上要成人了。

当你读到这封信的时候，意味着你将要站在生命的十字路口上，一夜之间踏入看似遥远的成人世界，从此未来的路途将由你自己决定，你将开始面对许多成年人所面临的挑战和责任。同时，这封信也将是我记录你人生每一个重要节点的最后一封，于你，于我，都有着不同寻常的意义。

孩子，去年观摩你学长学姐们的高三成人礼时，看到男同学穿着帅气的西装，女同学穿着漂亮的公主裙，手捧鲜花在父母的陪伴下走过那道象征着长大成人的"成人门"时，妈妈忍不住想，等到你 18 岁的时候，会是什么样子？那时站在你身边的我和爸爸，又会是何种心情？

妈妈清晰地记得，当时我扭过头寻你，看到作为活动志愿者的你，正站在队伍转弯的路口放礼花炮。

　　每当有盛装出席的学姐、学长经过你所在的路口驻足拍照时，你就很配合地为他们拉爆手中的礼花炮，片片彩色纸花自天空而下，飘落在他们身上显得异常绚烂美丽。我无意中看到，你手上的礼花炮放完后，应一个阿姨的请求，弯腰捡起一大捧洒落在地上的礼花碎片，手动为一个学姐撒花做拍照背景。

　　炎热的太阳下，你满头大汗，但是脸上没有一丝厌烦和急躁。妈妈一直注视着你，有欣慰，也有骄傲。

　　一直以来，你的成绩都不算优秀，按照爸爸的话说，你在学习上的天赋并不高，再加上你心智成熟得比同龄的孩子要慢一些，所以我们都不知道你将会考入哪所大学，能否选到你喜欢的专业。但是妈妈知道你一定很紧张，很焦虑，对未知的一切充满了忐忑。妈妈可能无法给你更多帮助，但是妈妈想告诉你：无论高考结果如何，你都是我们最爱的孩子，成绩不是唯一的评价标准，你有自己的优点和特长，我们会一直支持你，爱你，不会有任何改变。

　　有人说，成长就像一笔交易，我们都是用朴素的童真与未经人事的洁白，来交换长大的勇气。

孩子，在这样一个让你的人生有太多可能性的特殊时刻，妈妈有些话想对你说，想把这些话送给你的成人礼，送给你的高考，也送给你将要开始的大学生活。

首先，妈妈要向你表示祝贺。祝贺你已经度过了青春期，迈入了成年人的行列。你将会经历更多和以往不同的事情，学到更多成年人才能理解的道理。

孩子，纵然妈妈坚持每年一封信来回忆你每个 365 天的变化和成长，但是真的到了这一天，妈妈仍然觉得无论是心理上，还是意识上，都还没有准备好，你的 18 岁就飘然而至，不容拒绝。从 1 岁到 18 岁，从一开始知道你存在时的彷徨和犹疑，到经历你呱呱坠地的九死一生；从初始照顾你的手忙脚乱，到一路磕磕绊绊的摸索相处；从小学生活的努力适应，到青春期的剑拔弩张；从烦恼于你成长中的各种问题，到欣慰于你的成长和变化。中国有句古话："幼儿养性、童蒙养正、少年养志、成年养德。"蓦然回首，你竟然已经进入了第四个阶段。

成人礼，在古代是非常神圣的，是"人生四大礼"之首，也是一个人的人生里具有转折意义的日子。对于你们而言，这几乎意味着少年时代的结束。谁说不是呢？一旦一个孩子长大成人，他便要放弃作为一个孩子能无所顾忌表现出来的无忧无虑，以及得到他人无条件宠爱、关注与包容的特权。当然，与此同时他也拥有了步入成年时代应该具备的勇气、智慧、责任感和同理心，从思想、行为、心智上以一个成年人的方式去思考问题，承担责任。

在将来的日子里，你一定会遇到各种各样的人和事。有的人会对你施以善意，有的人则不会。但是无论发生什么，我都希望你永远不要忘记自己的价值和尊严。你的价值不在于别人对你的评价，而在于你自己对自己的看法和评价。你要相信自己，相信你跟着自己的心所做出的选择是对的，即使别人不理解、不认同。同时，也要尊重别人的价值和尊严，不要伤害别人的感情。

我们每个人的生命都是一段迥异的旅程，它的意义不在于目的地，而在于旅程本身。这条路上，你会经历很多的困难和挫折，但是这些都是必不可少的过程。生活中的每一次经历都是一场宝贵的体验，会一点一点让你变得成熟和坚强。一定不要害怕失败，不要害怕犯错，而是要勇敢尝试新事物，挑战自己的极限，拓展自己的视野，而这些都是让你成为更好的自己的重要步骤。

接下来，妈妈想告诉你，高考是人生的一个重要起点，但是一个人的成败不完全取决于这个起点。

几个月后，你将和同学一道，迎接人生中的六月大考，接受你理想中的学府的考验。三年的高中生涯，尽管你和优秀的同学之间有些差距，但是你是努力的、进步的，所以无论结果如何，只要你是无憾的，我和爸爸都是为你开心的。

有人说，每一次毕业，何尝不是一个阶段的压轴题。虽然，站在父母的感情立场，我们心里非常愿意这样一直陪你走下去，这也是一个听起来很美好的想法。不过，我们都很清楚，父母或者其他任何人都不可能一直跟随你的脚步，因为你已经长大了，要独立去走未来的人生之路。正如洛克菲勒对他的孩子说的一样："你将要迈开第一步，去赴那些你还没有享用过、却决定你未来的人生盛宴。至于你将如何使用手中的刀叉，以及怎样品尝命运献给你的每一道珍馐美味，就完全要靠你自己了。"

父母倾尽所有在你 18 岁之前能做的，也不过是尽量让你拥有一个相对高一些的起点，督促你努力去争取更多的选择，以便你尽可能快速地在广阔的天地里施展你的才能，而不必自始至终都在艰难中摸爬滚打。但是在高考这个起点面前，我们能做的并不多，无论它对你的将来有多重要，我们都无法帮你得到。

老人们常说，很多东西，只要你肯下力气，它就会来。

所以，经过难忘的高三生活，如果你顺利考入理想中的学府，爸爸妈妈会为你无比开心，祝愿你在期待已久的大学校园里，以更加自由的心情和轻松的氛围去研究喜欢的专业，去施展你的远大抱负，实现你的人生理想。

但是，如果你这次没有实现自己期待中的目标，也完全不要灰心气馁。因为这个世界上没有任何一个人的一生都是顺遂如意的，相反，大多数人都要经常与失败相伴。就拿妈妈来说，妈妈当年高考其实一点都不成功，甚至有着惨痛的高考落榜经历。从这一点来说，妈妈的起点并不高，甚至是有些失败。但是妈妈并没有因为一时的落后就自暴自弃、就此停下努力的脚步，更没有彻底看轻自己，而是勇敢地面对现实，承认自己的不足，抓住接下来的每一次学习机会，不断提高自己的能力，20年后的今天，妈妈终于跨越了当年失败的那道鸿沟。

在此，妈妈有一句话想和你共勉：如果我们一时还不够勇敢，没办法做到一直向前冲，那就在一步三停后，仍然有定力让自己阔步向前。

人生是一场长跑而非短跑。你会收获成功和惊喜，也会遇到困难和挫折。没有人喜欢失败，但是天下永远没有免费的午餐。失败有失败的理由，成功有成功的方法，最重要的是成功时，不骄，失败时，不弃。

正如书上所说的那样："把成功和失败都看作一杯烈酒，成功时，吞进去的是欣慰，失败时，吞进去的是苦涩，但无论成功还是失败，吐出来的是精神。"如此，你的一生将充满精彩，而不是遗憾丛生。

最后，面对你即将到来的大学生活，妈妈想说一些自己的看法。

你知道吗？这些年妈妈曾不止一次地回忆过自己的大学生活，哪怕那所大学在当年来说是那么普通，甚至被很多人瞧不起，但是它仍然带给了妈妈终生难忘的回忆。

大学，它不仅仅把我从一个小村庄带到大城市。它于我而言，是人生中最重要的一步，没有之一。

　　对当时的妈妈来说，那是一个全新的世界，一个可以让我博览群书、塑造三观、结交志同道合的好友、培养为人处世方法的重要熔炉。没有这个窗口，妈妈真的没有其他更好的机会走出农门了。因为对于妈妈这样一个贫穷农村家庭出生的人而言，上大学也许是唯一，也是最可能改变自己命运的契机和捷径。

　　毫不夸张地说，妈妈之后人生所有的一切，一切，都取决于最开始的这个"1"。

　　而且，妈妈是足够幸运的，正是在大学里，妈妈认识了你姑姑，又通过她认识了你爸爸。然后，就有了你，有了我们现在幸福的三口之家。可以说，是大学这个选择，决定了妈妈的后半生。

　　当然，你已经不需要通过大学跳出农门了，也不是必须在大学里找到相伴一生的另一个人，但是妈妈仍毫不怀疑地相信，大学将是你人生非常重要的一个阶段。你会发现，大学，并不是彻底摆脱了读书的苦，一切也没有你想象中的简单和完美。

　　小到你要自己去面对每天学什么，每天做什么，大到那些令人迷茫的选择，比如是考研还是留学，是回到父母身边还是留在大学的城市。你可能一头雾水，可能不知如何取舍，可能总觉得哪一个选择都没有达到最好的平衡点。甚至可能开始怀念那些曾经父母为你安排好生活起居，老师为你安排好课程作业的日子。

孩子，妈妈想告诉你，你面对的这些困惑才是最真实的人生。因为，不可能永远有人为你指点迷津，哪怕爱你胜过你自己的父母，也无法做到为你终生遮风挡雨，护你一世周全。而大学，这个特殊的教育阶段，正是你学着自己撑伞，自己勇敢面对一切的尝试和开始。

若渔，妈妈曾在一篇关于六月的日记里写道：仔细想想，还挺感慨的。一场考试，就把很多人的后半生都改变了；几张试卷，就让很多人天各一方了；一张成绩单，就使很多人瞬间长大了；一个夏天，就让所有人再也回不去了。

孩子，妈妈就用那篇日记的结尾来表达对你的祝福和期望吧。

画凌烟，上甘泉，自古功名属少年。加油，愿你在接下来的人生里，看到属于你的风景，获得属于你的成功。

记住，无论何时你回头，爸爸妈妈都在你身后！若渔，给你我们所有的祝福，愿你平安顺遂一乍！

晚熟也是优点
—— 致若渔十八岁成人礼之一封信

若渔：

　　时间过得好快，恍惚间，你从一个呱呱坠地的婴儿就长到了十八岁之男孩。在面对你成人礼之这一刻，我有感而发，之前与你之点点滴滴成长之画面逐步一帧一帧在脑海中反复播放。望着眼前身材壮实、一脸青春痘、满面充满稀疏胡须之你，我一时之间不知道这十八年的时间去哪里了。现在之你，就如同曾经青春期之我一样，也会在脑海中不时地涌现各种奇怪之念头：不太如意之学习成绩以烦恼，与个别同学不愉快摩擦引起之别扭，对未来大学选择之担忧，以及想摆脱家庭去体验外面世界之冲动……各种情绪如出现就像你脸上之青春痘一样，此消彼现，令人烦忧。但这是青春期少年共有之特点。

　　现实地讲，相比较同龄人，你在学习成绩和情绪控制方面，不是十分出色。但爸爸好想知道，你身上有一个最好的优点，就是你之善良优质，这让我们很是欣慰。还有就是你是一个晚熟之孩子。晚熟之孩子意味着早期并不出彩，甚至在某些方面默默无闻。他们就像一棵徐徐慢踱之树，虽然地上树杆都似乎缓慢，甚至让人难以察觉，但看不见之根却在地下疯狂吸收养份，迫使待未来以你在面对未来之狂风暴雨侵蚀着时，会因其根基牢靠而屹立稳固。每个人都有自己不同之成长特点，人生就像一场漫长之马拉松，前期之领跑并不意味着后程之领先。古人早就说过"莫道君行早，更时上了雨来早"。

　　若渔，晚熟是你成长之特点，它不是你之缺点。随着年龄之增长，你会慢慢了解到，它是一种优点，它会使你在未来之道路越走越踏实，越走越沉稳。也希望你此时此刻，正视自己，勇敢向前，为成为更好之你而拼搏努力。

爸爸